生真面目な秘書は愛でられる

Tsubame & Tatsumi

有涼 汐

Seki Uryo

Eternity

EB
エタニティ文庫

目次

生真面目《きまじめ》な秘書は愛でられる

第一章　足下《あしもと》から鳥が立つ

人は誰しも何かしらのコンプレックスを抱えている。

たとえ傍目《はため》からは恵まれているように見える人でも、大なり小なり抱えているものがあるのだ。

牧瀬燕《まきせつばめ》は、上場を目指す新興の会社で秘書として働く二十六歳のOLだ。優秀とまではいかなくても、秘書としてそれなりに役に立っている自負がある。

常に清潔感のある服のコーディネートを心がけているし、髪型も大企業の役員に受けがよさそうな大人しいものを選んでいる。そこそこ有能に見えて、傍《はた》から見れば劣等感などないように思えるかもしれない。

そんな彼女にも、もちろんコンプレックスは存在した。

まず背が高いこと。

百六十七センチの燕は、三センチ以上のヒールを履けば百七十を超え、ほとんどの男性と頭の位置が変わらなくなる。

思えば、人に頼られることが多いのは、この長身のためかもしれない。

そのこと自体は問題ないし、職場では褒められることが多いけれど、燕は逆に人に頼ることが苦手になってしまった。

そのせいか、学生のときに付き合っていた恋人たちのほとんどには、〝可愛げがない〟と言われ振られ続けてきたのだ。

自分の性格は嫌いではないが、たまにもっと身長が低い可愛らしい外見ならば、甘え上手になれたのでは、と考えることがある。

そして、他にも気になっていることがもう一つ。

燕の身体には、ある事故で負った大きな傷痕《きずあと》があった。それはある意味、名誉の負傷と呼ぶべきものだし、見えにくい場所にあるので、普段は意識することはない。

ただ、それが原因で付き合っていた人と別れたことがある燕は、男性と親しくなると、途端に引け目に感じるようになっていた。

そのため、ここ数年、恋愛に積極的になれずにいる。

「……はぁ」

ファイルを自分の机の上に置いて、燕は項垂《うなだ》れる。

普段は仕事中にこんな私的なことを考えることも、ましてや、それで落ち込むこともない。

けれど、今日は珍しくしょんぼりすることを自分に許した。

今朝、彼女が憧れていた課長の鴨井《かもい》が、社内に結婚を報告したのだ。

彼は燕がヒールを履いても頭一つ分ほど背が高く、がたいのいい人。それだけで、好意を持つのに充分だ。その上、女っ気がなく性的な匂いを感じさせないところも好きだった。

「自分は女性に縁がないから、一生結婚しない」と言っていたのに……。鴨井は彼と同期の可愛らしい女性と結婚した。

年下の燕から見ても女性的で守ってあげたくなるような人と――

意味もないのに、思わずその女性と自分を比べてしまう。

自分の欠点が頭を過《よぎ》るのは、気持ちが後ろ向きな証拠だ。

仕事に集中しなければと燕は首を振りながら、顔を上げた。そこに、突然声をかけられる。

「牧瀬」

「っ、はい」

一瞬間があいたせいで、相手が怪訝《けげん》な顔をする。

「どうした？」

「いえ、なんでもありません」

声をかけてきたのは、彼女が秘書をしている鳳辰巳《おおとりたつみ》だった。燕は慌てて背筋を伸ばす。

辰巳は三十一歳という若さながら副社長を務め、会社を支えている人だ。

この会社は起業をしてから数年ほどしか経っていないため、社員の年齢は比較的若い。

とはいえ、百人ほどいる社員の中で、二十代で役職者になった辰巳は特別だろう。

なんでも彼は、社長の森田《もりた》が起業するさいにかなり手を貸したということだ。森田は常に「辰巳がいなければ会社を興《おこ》すことも、軌道に乗せることもできなかった」と言っている。

そういう事情なので、若い副社長に反発する人間は社内にいない。

辰巳のほうは、当初、副社長就任を断ったそうだが、恩人である森田にどうしてもと頼まれ、仕方なく承諾したという話も聞いている。

辰巳にとって、森田がどんな恩人なのか、燕には詳しいことはわからない。

知っているのは、辰巳が一度「森田さんは俺の人生の分岐点にいた人」と飲み会で言ったことだけだ。

燕が辰巳付きの秘書になってもう四年も経つが、実は彼のことをよく知らない。

プライベートをあまり見せない人だし、無表情で感情がわかりにくいのだ。

彼が笑ったところを、燕は数える程度しか見たことがなかった。

その辰巳が燕の机に近づきながら、用件を話す。

「森田さんが、今日の予定をメールしてくれと言っていた。——それと、体調が悪いならさっさと帰ったほうがいい」

「大丈夫です」

「……そうか」

燕は辰巳の姿を改めてまじまじと見た。

仏頂面《ぶっちょうづら》のせいで、燕も含め女性社員から遠巻きにされているが、実は彼の顔立ちはとても整っている。きっちりと後ろに撫《な》で付けているその艶《つや》やかな黒髪を乱れさせたいと思う女性は、少なくないはずだ。

しかも、ジムに通っているらしく、綺麗な筋肉がついている。身長はヒールを履いた燕よりも高いので百八十ぐらいはあるだろう。

身長が高いというだけでも、燕には魅力的に思える。

役職は副社長で、仕事も速く正確。他人に厳しいがそれ以上に自分に厳しく、率先して仕事をこなす。他の社員が帰るなか、一人パソコンをにらんでいる姿を燕は何度も見ていた。

夜、コーヒーの差し入れをする彼女に「夜は危ないから、早く帰れ」とぶっきらぼうだけれど優しい言葉をかけるくらいの気遣いもある。

燕には好物件すぎるので自分が彼と、と考えたことはないのだが、これほどの男性が独身で、かつ決まった女件がいないというのは不思議だった。

もっとも隠すのがうまいだけかもしれないが。

ぼんやりと観察している間に辰巳は自身のデスクに戻っていった。

燕は急いで自分のパソコンに向き直り、メールソフトを立ち上げる。そして今日の予定を森田へ送った。

燕は辰巳の秘書だが、今日は社長専属秘書である上司が休みのため、代わりに予定の連絡をしたのだ。

辰巳にも同じようにメールで今日の予定を送った後、夕方にある会議の資料にヌケはないか、データを確認する。

そうして三十分ほど集中し、一段落ついた燕は仕事の手を止めた。身体をぐっと伸ばすと、デスクの端に缶の紅茶が置いてあることに気づく。

こんなふうに黙って置いていくのは一人しかいない。辰巳だ。

視線を向けるが、彼は忙しそうにパソコンの画面に目を走らせていた。

燕は彼が見ていないとわかっていながらも紅茶を手に取り、頭を小さく下げる。彼のちょっとした気遣いはいつものことだが、気持ちが落ちていた今日は特に心が温まった。

少し温《ぬる》くなっている紅茶を一口飲み、仕事を再開する。

この会社の主な業務は、個人を対象とした電化製品のレンタルサービスだ。

長期出張や単身赴任の人、短期間一人暮らしをする人たちなどを対象に冷蔵庫、テレビ、洗濯機や掃除機といったあらゆる電化製品を貸しだしていた。その他、小型のビデオカメラやスマートフォンも揃っているし、お客に頼まれれば会社に用意がないものも調達してくる。

今、準備に追われている夕方の会議では、先月の売り上げを確認し、顧客からの要望やクレームの報告、検討をする。出席者は社長と副社長、そして各部署の代表だ。

資料の作成は各部署で行うが、そのデータを纏《まと》めたり、会議室の準備をしたりするのは燕の仕事だった。

もともとは他部署の事務員にも手伝ってもらっていたが、忙しい彼らを煩《わずら》わせるのが嫌で、いつしか一人で準備するようになっている。

今日も会議室で準備をしていると、総務部所属で燕の友人である岩瀬《いわせ》加里《かり》が入ってきた。彼女は印刷された資料の束を燕に手渡す。

「はい、今日の会議の資料」

「ありがとう」

燕が受け取った資料を確認していると、加里がにっこり笑って話しかけてきた。

「今日は行く?」

「――行くつもり」

燕は終業後の予定を頭の中で確認する。「行く」とはジムのことで、二人は同じスポーツジムに通っているのだ。

「なら、定時過ぎにでも迎えに行くよ」

「ん、了解」

ひらひらと手を振って会議室を出ていく加里を見送った後、燕は資料を各席へ丁寧に置いていく。

落ち込んだ気分の日だったが、友人との予定ができて気持ちが浮上してきた。

会議が無事終わり、定時を五分ほど過ぎたころ。燕は辰巳に声をかけられた。

「牧瀬。……少しいいか？」

普段はっきりとものを言う彼には珍しく、歯切れが悪い。燕は首をかしげながら、返事をした。

「はい、なん――」

「燕？　帰れる？」

ところが、途中で加里が迎えに来てしまう。

燕は加里に「少しだけ待ってて」と伝えようとしたが、その前に辰巳に遮《さえぎ》られた。

「いや、いい。……また後日で問題ない。気をつけて帰ってくれ」

なんの話か気になるものの、辰巳がいいと言っているのをさらに尋ねるのもどうかと思い、燕は席を立つことにした。

「わかりました、ありがとうございます。……鳳さんも、金曜日なんですからあまり遅くまで仕事をせずに帰ってくださいね」

「あぁ、わかってるよ。お疲れ様」

「お疲れ様でした」

丁寧にお辞儀をした後、ジャケットを羽織《はお》って、加里のもとへ駆け寄った。加里は少し気遣わしげな表情になっている。

「ごめん。話、大丈夫だったの？」

「うん。なんか、後日でいいって言ってたから」

「そっか。なら、ジムで身体を動かす前に、ご飯にしよう！」

二人で会話をしながら駅に向かう。

燕たちが働いている会社は、複数の企業が入った大型タワービルの一角にある。そのビルから近い、路地裏にある焼き鳥専門店に入った。さまざまな焼き鳥があるので、燕と加里が気に入っているお店だ。お酒の種類も多く、店内もシンプルで居心地がいい。

席に通されると、いつも頼んでいるメニューをさっそく注文した。

「焼き鳥塩の盛り合わせと大根サラダ」

「あと、煮卵とささみのわさびのせもください」

「わさびのせ美味しいよねぇ」

「絶品だよね」

この後、ジムに行くのでお酒は飲まずにお茶で軽く乾杯をする。

「ねえ、告白しなくてよかったの？」

すぐに加里が燕を見つめながら問うてきた。今日、わざわざ誘いにきたのは、この話をするためだったようだ。

「誰に？」

「鴨井さんにだよ。燕、ずっと憧れてたじゃない。玉砕《ぎょくさい》するにしても、告白しておけばよかったのに。気持ちに踏ん切りがつくから」

燕は食べていた焼き鳥の串を指でいじりながら、鴨井と結婚するという可愛らしい先輩の姿を思い浮かべる。

「自分のために告白なんてしないよ。私は楽になるけど、鴨井さんは面倒くさいでしょ？　自分がされたら嫌だからしない」

「んー……」

「それに、私の想いはちょっとした生活のスパイスなだけで、それ以上ではなかったから」

もともと鴨井と付き合いたいとは思っていなかった。

仄《ほの》かな好意は、スパイス——日常への刺激。

鴨井にとっては失礼な話だが、燕にとって彼は安全なちょっとした刺激だったのだ。

相手が振り向くことがないとわかっている恋は楽だ。頑張る必要がないのだから。

「ならいいけど……。確かに私的にも、燕の相手は鴨井さんより鳳さんのほうがしっくりくるっていうか、バランスがいいというか、うまいこといきそうな予感がするんだよね」

「はぁ？　私と鳳さんが？」

突然の加里の言葉に驚いた燕は、飲んでいたお茶を噴きだしそうになった。

仏頂面《ぶっちょうづら》でパソコンとにらみ合う辰巳の姿が頭に浮かぶ。

だが、そんな彼と自分が恋愛するという発想はなかった。そんなことを考えるだけで、おこがましい。

燕は加里が何か勘違いをしているのだろうと、その誤解を解こうとする。

「鳳さんってさ、怖い顔していることが多いけれど実は優しい人だし、笑っていればかっこいいのよ」

「そうそう。もったいない人だよね」

「だからさ、そんなかっこいい人が私とどうこうって……ないと思うわ。うん、ない」

そう言うと、加里は不満げな顔をした。

「断言しないでよー、燕は頼りになって素敵なんだから！　それに鳳さんって、燕に対してだけは当たりが柔らかいのよ。他の人よりも気にかけている感じがするんだよね」

「えー、そんなことないって」

自分を卑下《ひげ》するわけではないが、女性的な魅力に欠けることはわかっている。そもそも、「頼りになる」は女性の長所ではないだろう。

とにかく辰巳が自分を好きになるなど分不相応なことは、考えられない。

「じゃあさ、鳳さんが燕をどう思っているかは置いておいて、燕はどうなの？」

「どうも何もないって……。私みたいな女が好きになったら迷惑かけるだけだし、秘書なので、その辺りはちゃんと線引きしますー」

「それって、彼の秘書じゃなかったら好きになってたってこと？」

「……もう、この話はここまで！　終わり終わり」

なかなか引き下がらない加甲に、燕はひらひらと手を振って話を止めた。お茶を一気飲みして一息つく。

幸い、加里はそれ以上しつこくすることはなく、二人は食事を終えてジムへ向かうことになった。

ロッカールームで着替えながら、加里が燕を見上げる。

「もしかして燕、また少し伸びた？」

「……何か言った？」

燕はにっこりと笑ってみせる。すると、加里は何も言わなかったという顔で自分の着替えに集中した。

彼女に悪気はなかっただろうが、今日はとことんコンプレックスを刺激される日だ。

成長期などとうに過ぎ去っているのに、いまだに伸びる背が憎たらしい。

モデルのようで羨《うらや》ましいと同性からは言われるが、嬉しいと感じたことなどなかった。

ただ、それを隠そうとして猫背になるのはかっこう悪いので開き直るようにしている。

少しして、着替えを先に終えた加里が燕を見て呟《つぶや》いた。

「そっちは、結構薄くなったね」

「あぁ、これ？　あれからもう五年ぐらい経つからね」

燕の腰の下には大きめの傷が一筋存在していた。そこだけ少し色が濃くなっている程度で生々しいものではないが、他人が初めて見れば多少なりとも驚くぐらいではある。

燕はその傷にそっと触れた。

「その男の子からまだ連絡きてるの？」

「そうなの！　毎年必ず一回は手紙をくれるんだよ。近況を教えてくれるんだけど、気持ちは親戚のおばちゃんってところかな」

　思わず出た明るい声に、加里は笑う。

「もう少しお互いの年齢が近かったら、運命の出会い的な感じなのにね」

「さすがにそれは無理があるよ。高校生と付き合ったりしたら捕まるわ」

　燕も着替えを済ませ、笑いながら互いのトレーニングに向かった。

　この傷を負ったのは彼女が大学三年生のときだ。

　バイトに行く途中、大きな公園の前を通りかかった燕は、中で小学生ぐらいの子どもたちが遊んでいるのを見かけた。そこへ出入り口からボールが転がりでてきたのだ。それを追いかけてきた男の子に車が突っ込んでいくのを見た彼女は、咄嗟《とっさ》に持っていた鞄を放り投げ、子どもに向かって走りだしていた。

　子どもを抱きしめ、地面に転がる。車が急ブレーキをかけた音がやけに大きく響き、続いて叫び声が耳に届いた。

　けれど、心臓がばくばくと鳴っていて、周囲の音があまりよく聞こえない。

　目をぎゅうっと瞑《つむ》りながら子どもを抱き込んでいた燕は、しばらくして肩を叩かれる感触に気づき、ゆっくりと口を開いた。

　逆光でよく見えないが、燕の肩を叩いているのは男性らしい。

「大丈夫か？」

「今、救急車を呼んでもらったから動かないように」

意識がゆらゆらとして定まらない。腕の中にいたはずの子どもは、いつの間にかいなくなっている。

「男の子は無事だ。擦り傷を負ったぐらいで今は友達と一緒にいる。それより君のほうが重傷だ」

「よかった」

「よくはないな。壊れていたフェンスが刺さって、出血している。タオルで押さえているが、セクハラなんて叫んでくれるなよ」

「叫びませんよ……。この程度でセクハラとか、女王様か何かですか……」

朦朧《もうろう》としてきた意識をどうにか保つため燕が冗談を言うと、男性が小さく笑う気配がした。

「それなら俺は女王様を助ける騎士だな」

しばらくして救急車の音が聞こえた。

救急隊員にどうにか名前と家族の連絡先を告げたところで、燕は意識を失った。気がついたのは、病院のベッドの上だ。

目を覚ましたとき、目の前には大泣きしている母と妹、そして目を赤くしている兄がいた。

燕に声をかけてくれたあの人は、一緒に救急車に乗ってくれたが、家族が来たのを確認すると帰ってしまったという。手当てをしてもらったお礼を言いたかったが、名前も連絡先も告げなかったそうだ。

そうして、燕は腰に大きな傷を負った。

けれど、後悔はしていない。

あのとき助けた男の子は、すぐに両親と一緒に見舞いに来てくれたし、毎年必ず近況の手紙を書いてくれる。今どきメールで済むようなことなのに、わざわざ手紙だ。親から言われてしぶしぶだとしても、高校生になった今でも手紙を書いてくれるその気持ちが嬉しい。

だから、この傷は燕にとって勲章だ。

それに五年も経った今では薄くなり、ぱっと見、隠そうと思えば隠せる。

ただ、誰かと恋愛関係になって、その傷を見せる勇気だけが今のところない。

燕はため息をつくと雑念を追い払い、その後、黙々とトレーニングを続けた。

トレーニングを終え、ジムで加里と別れた燕は自宅マンションに向かっていた。

夜も更《ふ》けた時間だが、金曜日だからか電車もマンションの最寄り駅も人が多く行き交っている。

駅から徒歩十分ほどの自宅マンションにつくと、エントランスで郵便物を確認した。タイミングよくあの男の子から手紙が届いている。

部屋に戻った燕は部屋着に着替え温かいハーブティーを片手に、さっそく手紙を開いた。

高校生らしい少しいびつな字だが、小学生のころよりも成長している。感慨深くて、思わず微笑した。

どうやら最近彼女ができたようで、初めての彼女にどう接すればいいのかわからない、と書かれている。高校生らしい悩みだ。

妹はいるが弟はいない燕は、彼を年の離れた弟のように思っていたので、姉として頼られているようで嬉しい。

引き出しからシンプルなレターセットと万年筆を取りだすと、悩める青年に「恥ずかしいかもしれないけど、優しくしてあげてください。照れてばかりだと、彼女が苦しくなって離れていくから。まわりに冷やかされても、一番大事なのは何か自分で決めて実行するべきだよ」と丁寧に綴《つづ》る。

そうしてインクが乾くのを待ちながら、どさっと大の字になって寝転がった。

彼の悩み相談に乗る前に、自分のことをどうにかしなければ。

一生独身だと宣言していた憧れの鴨井は結婚してしまう。

自分もそろそろいい年だが、一人で生きていくと言い切るほどの覚悟はできていない。

そのくせ、率先して婚活したりもしていなかった。

だって、誰かの隣で笑っている自分なんて想像できない。

「あー、恋愛面倒くさい。なんかこう、さくさくっと付き合って、さくさくっと結婚して、さくさくっと生きていきたい……」

それが一番難しいのだとわかっている。

いっそのこと親か親戚に頼んで誰か紹介してもらおうか。

けれど、それでうまくいったら今度はその人たちの顔を立てなければならないし、気乗りしない相手でも場合によっては断れないかもしれない。

それにやっぱり、どんな人なら自分を選んでくれるのか、わからなかった。

「人生イージーモードだったらいいのに」

ぐずぐずし始めた思考に飽きて、燕はベッドに潜《もぐ》り込む。

こういうときは、寝てしまうに限る。悩みすぎれば気持ちが腐ってしまう。

燕はそろそろ自分も恋愛に積極的にならなければいけないのかなと、考えながら眠りについた。

月曜日。会社に出社した燕は、辰巳に声をかけた。

先週の金曜日、彼が話しかけてきたことが気になっていたのだ。

「鳳さん、おはようございます。金曜に何か言いかけていらっしゃいましたが、私にご用でした？」

すると辰巳が眉間《みけん》に皺《しわ》を寄せて、普段よりいっそう難しい顔をする。

「あぁ、少し話しにくいんだが……」

その言葉に燕は、重大なミスを犯しているのかと不安になり、身体を硬くした。

辰巳は言いにくそうに口を開閉させて、また黙ってしまう。それほどまでの何かをしてしまったらしい。

燕が死刑宣告を待つ罪人のような気持ちになった、そのとき、ノックの音がして、森田が部屋に入ってきた。

「二人共、怖い顔してどうしたの？」

森田をぱっと見た燕は、社長である彼への対応を優先させる。

「おはようございます、社長。本日はどうなさいました？」

森田は特に用事もなかったらしく、呑気《のんき》な態度で口を尖《とが》らせた。

「もー、何度も言うけど俺のことは森田って呼ぼうよー」

「大の大人が語尾を伸ばしても可愛くないです。社外で社長を苗字で呼んでしまうと問題があるので、私は社長で貫《つらぬ》き通します」

「牧瀬らしいな」

会話を聞いていた辰巳が、口の端を上げ、先ほどとは打って変わった穏《おだ》やかな口調で言う。

社内では役職者でも苗字で呼ぶのが社長の方針なのだが、燕は頑《かたく》なに森田を社長と呼んでいた。

それに対して森田は愚痴《ぐち》を言うものの、結局は許してくれている。

「それで？　今にも死にそうな顔で何話してたの？」

森田の問いに、辰巳は再び顔をしかめた。

「いや、たいしたことではないです。気にしないでください」

「いやいや、気になる気になる！　辰巳がそんな顔するの珍しいし……。はっ！　わかった」

森田がわざとらしい表情で、両手で口元を覆《おお》う。

彼は面白がっているみたいなので、仕事での失態ではないかもしれないが、もしかしたら社長に話が行くような大きな問題なのかと、燕は不安になった。

森田が口を開く。

「告白っ！」

大きな声で告げられたその言葉に、燕と辰巳は無言で森田をにらんだ。

「当たりでしょ？　だけど、やっぱりTPOってあるからさぁ、辰巳はもう少し乙女心とかを考えたほうがいいと思うんだよー」

そんな二人の様子に構わず、森田は何度も頷きながら話を進めていく。

「まあでも、お似合いだよね。二人が結婚までいったら……スピーチ考えなきゃ！」

彼は何を考えているのだろうかと、燕はため息をついた。

燕が辰巳に似つかわしくないことぐらいわかるだろうに。可愛らしくもない背の高い女を誰が好きになるというのか。

「社長、いい加減にしてください。セクハラです」

「え⁉　これでセクハラになるの⁉」

「なりますよ」

燕は眉間《みけん》に寄った皺《しわ》をぐりぐりと押して伸ばす。辰巳も言い返せばいいのにと思い、視線を向けた。

けれど彼は、顎《あご》に手を添えながら何かを真剣に考えている。

燕は、黙り込んでしまった辰巳に声をかけた。

「鳳さん？」

「すまん。少し考え事をしていた」

燕の声に、辰巳が顔を上げる。すると森田がにやにやと笑いながらからかってくる。

「辰巳ってば、アレだろ。牧瀬ちゃんとの新婚生活とか妄想してたんだろー」

「森田さん」

「な、何？」

辰巳の声色がワントーン低くなっている。怒っているらしいことに気づいたのか、さすがの森田も少し身構えた。

燕はそれをありがたいと感じる。恋愛話はやはり、どうにも苦手だ。

森田に鋭い視線を向けながら辰巳が答える。

「森田さん。先週、目を通しておいてほしいと頼んでいた書類は確認してもらえましたか？」

するとと森田が目を泳がせる。

「……あーっと、そういえばコンビニにカフェラテを買いに行こうと思ってたんだ。二人共何か飲みたいのある？」

「社長。カフェラテなら機械があるので、そちらでどうぞ」

逃げようとする森田を捕まえて、燕は彼を社長室へ押しこんだ。

「鳳さん、すぐに書類目を通してもらいますので」

「よろしく頼む」

辰巳は小さくため息をついていた。

また、話を聞く機会を逃した。本当に彼は何を伝えたかったのだろうか。

森田が書類の確認を始めたのを見届けてから、副社長室へ戻る。

カツンカツンとヒールを鳴らして辰巳のデスクへ向かった。

「牧瀬？」

「もし私に何か不手際があったのならば、遠慮なくおっしゃってください」

「……いったいどうした？」

「先ほど言いかけていらしたことです。はっきりさせていただかないと、気になって――」

そう言うと、辰巳はばつの悪そうな顔をした。

「……あぁ、そういうことか。……こっちに来てくれ」

彼は燕を会議室へ促《うなが》す。それほどまでに重要なことらしい。

燕はごくりと唾を呑んだ。

「まず、誤解を解かせてくれ。君に不手際はないし、いつも頼りにしている。今回は俺の個人的なこと――言ってしまえばプライベートのことで……」

「……プライベート、ですか？」

「あぁ、実は――」

そのとき、辰巳のポケットに入っていたスマホが鳴り響いた。彼は燕に断って電話に出ると厳しい顔つきになる。どうやら、緊急のトラブルが発生したようだ。

結局、それ以降も何だかんだと忙しく話ができず、うやむやのまま週末になっていた。


もやもやした感情を残して迎えた土曜日。

燕は朝から洗濯などの家事を片付け、読みかけの小説を読んでいた。

残り三分の一というところまで来てから、机の上に置きっぱなしになっているレンタルＤＶＤの袋が目に入る。

「……あれ？　これいつまでだっけ」

袋を開けて中に入っている期限が印字されたレシートを確認する。

「今日まで……！　行かなきゃ」

強制的に家を出る用事ができてしまった。せっかくなので、レンタルショップに行った帰りに、カフェに寄って小説の続きを読むとしよう。

燕はクローゼットを開いて洋服を物色する。

「な、に、を、き、よ、う、か、な」

会社ではパンツスーツを愛用している。加里を始め、女性陣にはとても評判がいいが、実は柔らかいワンピースが好きなのだ。

ズラッと並んだまだ新しいワンピースを指で一つ一つさしながら、どれを着ようかを選ぶ。

ネイビーの地に白い花が咲いた膝丈のラップワンピースを、鏡の前で身体に当てた。

このワンピースは風に煽《あお》られると、ひらひらと裾が揺れるのが可愛くてお気に入りだ。

鼻歌を歌いながら、踵《かかと》にレースの装飾が施《ほどこ》されている黒いパンプスを靴箱から出した。

こんなガーリーな格好、会社の人間には見せられないなと苦笑しつつも化粧を施《ほどこ》し、最後にコーラルオレンジのリップを塗る。普段口紅はベージュ系のものしか選ばないが、この派手すぎない綺麗な色味が好きなのだ。

外に出ると陽射しが柔らかく、暖かな陽気が身体を包み込んでくれる。

機嫌よくDVDを返して店を出た瞬間、スマホがブーブーッと震えた。

「わっ、びっくりした。……鳳さん？」

画面には、鳳辰巳の文字が表示されている。

休日に電話をかけてくるなんて珍しい。一、二度、緊急の用事を頼まれたことはあるが、基本的に休日は休めと常々言われている。

燕は首をかしげながら、電話に出た。

「はい、牧瀬です。鳳さん？　どうしたんですか？」

『牧瀬、悪いんだが今から言う場所に、すぐ来れるか？』

辰巳はどこか切羽詰《せっぱつ》まった声で、言った。

「今から、ですか？」

燕は眉間《みけん》に皺《しわ》を寄せる。

『あぁ、あまり時間がなくて説明ができない。緊急トラブルなんだ。来てくれるのであれば、現地で説明する』

普段の態度からは考えられないほど焦った声に、頭が仕事モードに切り替わった。彼がここまで言うのだ、よほど困った事態が起きたのだろう。

「わかりました。すぐ、向かいますので場所を教えてください。何か必要なものはありますか？」

『いや、大丈夫だ。来てくれるだけで助かる。っと、すまん。人が来たから電話を切る。ついたら電話をくれ』

「あ、鳳さんっ」

まだ聞きたいことがあったのに、辰巳は電話を切ってしまった。スマホから無機質な音が響く。

「場所ぉっ！」

燕はスマホを握りしめ、ふるふると身体を震わせる。

急いでいたのはわかるが、場所を知らなければ向かえない。

ムスっと唇を尖《とが》らせていると、辰巳からメールが届いた。有名なホテルの名前とそこまでの道のりが添付されている。

どうやらここに来てほしいということのようだ。

そこなら、タクシーのほうが電車より早い。

「タクシー代、経費につけてやる」

燕はタクシーを捕まえようとして、止まった。

自分の格好を見て、一瞬悩む。

この格好は、燕のイメージではないし、仕事にふさわしいとは思えない。

けれど、辰巳の焦った声を思い出し、結局そのまま向かうことにする。

すぐに捕まえたタクシーの中で、ふと、似合わない格好だと辰巳に思われたくないな、と思ってしまった。


たどりついたホテルのエントランスで、燕は辰巳に電話をかけた。相手は待ち構えていたらしく、ツーコールほどで繫がる。

「もしもし、鳳さん。エントランスにつきました」

『本当にありがとう。今向かうから、そこにいてくれ』

「わかりました」

電話を切った後、エントランスのソファーに腰をかけて彼を待つ。

すぐに辰巳が小走りでこちらへ向かってきた。スーツ姿だが、走ったせいか髪の毛が乱れている。

「牧瀬」

燕を見て、どこかホッとしたような笑みを浮かべた。そんな表情は初めてで、燕の心臓が少しだけ跳ねる。急いで立ち上がると、すぐに辰巳が移動したのでその後についていく。

「すまない。こっちだ」

「はいっ、あの、スーツのほうがよかったでしょうか？」

「いいや、理想通りだ」

燕はほっとして息を吐いた。

良かった、この格好でもいいらしい。

それにしても、理想通りとはなかなかな言葉だ。似合わないとか、柄《がら》じゃないとか思われるのを覚悟していたのに。

意思に反して火照《ほて》ってくる頬をどうにか抑えようとしつつ、燕は辰巳に連れられ、地下に向かった。

結局、なんの説明もないまま高級そうな日本料理店に入り、奥の部屋の前に通される。

「すまないが、何も聞かず俺に話を合わせてくれ」

扉の前で辰巳が囁《ささや》いた。

彼がくどくど説明しないのは、それほど切羽詰《せっぱつ》まっているせいなのか、燕を秘書として信頼しているからか。

ぐるぐるとした頭を落ち着かせるため、燕は大きく息を吸い込んで一気に吐きだした。

「わかりました」

ここまできたら、なるようにしかならない。

今まで副社長である辰巳をサポートしてきたのだから、彼の呼吸や間などはわかっている。

燕は何が起こっても動じない秘書の仮面を崩さないように、口の端を上げた。

辰巳が扉を開く。そこには五十代ぐらいの男女が二組と、振り袖を着た若くて可愛らしい女性が座っていた。

想像していた雰囲気とあまりにかけ離れていて、燕は一瞬、秘書の仮面が外れそうになる。慌てて、自分の手の甲を抓《つね》ってなんとかこらえた。

ちらりと隣の辰巳に視線を送るが、彼は真っ直ぐ前を向いていてこちらに顔を向けない。

だが、これは誰がどう見てもお見合いの席ではないか。緊急トラブルというのは、まないことだったのか。

仕事だと勝手に思い込んでいた自分も自分だが、やはり納得できないものを感じる。

（……鳳さん、だから説明をちゃんとしなかったんだな）

もし辰巳から事前に事情を聞いていれば、燕は絶対に断っていた。

彼にはお世話になっているし助けたいとも思うが、プライベートにかかわる覚悟はない。

一歩でも踏み込んでしまったら、沼のようにずっぽりハマってしまいそうでなんとなく怖いのだ。いったいなぜ、そんなふうに思うのか、燕は気づきたくなかった。

もっとも、一度引き受けたことをなしにするのは自分の矜持《きょうじ》が許さない。

内心でため息をついている燕をよそに、辰巳が彼女の肩を抱き寄せる。まるで、大切なものを守るように、そっと。

途端、彼に触れられた肩が異常に熱くなる。すぐ近くに感じる辰巳の体温が燕の動悸《どうき》を激しくしていった。

「悪いが、この話はなかったことにしてほしい。俺には付き合っている女性がいる。今後、見合い話は持ってこないでくれ」

「なっ……！」

辰巳の言葉に、若い女性の隣に座っていた女性が不愉快そうな顔をしながら立ち上がる。それに構わず、辰巳は若い女性に頭を下げた。

「俺が両親にちゃんと伝えていなかったために、こんなことになってしまい、申し訳ございませんでした」

彼に釣られて、燕も一緒に頭を下げる。下げてから自分が謝る必要はなかったのでは、と気づいた。

だが、もし自分が本当に辰巳と付き合っていたなら、お見合い相手には申し訳なく思うだろう。

「それでは失礼いたします」

もう一度頭を下げる辰巳に倣《なら》って同じようにし、彼に引っ張られるまま日本料理店を後にする。

辰巳の両親と思われた人たちは、一度、燕を見ただけで特に何か言うことはなかった。

だからといって歓迎してはいないだろうが。

思いがけず辰巳のプライベートを覗いてしまった燕は、なぜか動悸《どうき》を抑えられず、ただ彼についていく。そして茫然《ぼうぜん》と手を繋がれたまま、ホテルを出た。

少し落ち着いてくると、踵《かかと》が痛いことに気づく。

「っつ……」

「すまん！　どこか痛いか？　手を強く握りすぎたか？」

痛みで息を吐くと、辰巳が慌てて握りしめていた手の力を緩《ゆる》めた。けれど、離そうとはしない。

「いえ、手は別に痛くないんですが、靴擦れを起こしてしまったみたいで……」

辰巳の歩幅に無理して合わせていたせいかもしれない。

彼は眉間《みけん》に皺《しわ》を寄せた。燕に対して怒っているようにも見えるが、おそらく自分に腹を立てているのだろう。彼はそういう人だ。

「すぐに処置できるものを買ってくる」

「大丈夫ですよ。絆創膏《ばんそうこう》持ってるので、貼っておけば問題ないです。ただ、どこか座れる場所があればいいんですが」

どうしようかと辺りを見渡すと、カラオケボックスが目についた。

「鳳さん、あそこに入りましょう」

人に聞かれず話ができるので、何が起きていたのか説明してもらうにも丁度いい。

二人は、カラオケボックスに向かった。

指定された部屋で無言のまま飲み物が届くのを待つ。

飲み物が届き人心地つくと、さっそく燕は口を開いた。

「それで、説明してもらえますか？」

「……もちろんだ。けれど、その前に足の手当てをしないか？」

「手当ては後で大丈夫ですから、説明してください」

辰巳は手元にあるアイスコーヒーを一口飲み、ぽりぽりと自身の額《ひたい》を掻《か》く。どう言葉にすればいいのか悩んでいるようだ。

しばらくすると、彼はくしゃりと前髪を握り、一度深く息を吐きだしてから話しだした。

「どう説明すればわかりやすいのか考えたんだがうまく纏《まと》まらん。……だが説明する。……牧瀬も気づいていたと思うが、今日のあれは、お見合いだ」

「そうでしょうね。可愛らしい女性がいらっしゃいましたから」

燕がそう言うと、辰巳はなぜか嫌そうに顔をしかめた。

「俺は親が選んだ女性と結婚するつもりはない。だが、何度断っても、知らない間にお見合い話が纏《まと》められる。強制的に参加させられた数は、両手で足りないほどだ」

「強制的に参加って、凄《すご》いですね……。そんなことができるんですか？」

「だいたい嘘をつかれてな。今日は親戚の集まりがあるから顔を見せろってことだったんだが……扉を開けた瞬間騙《だま》されたとわかって、踵《きびす》を返した。それで、……牧瀬を呼んだ」

意に反するお見合いは確かに不愉快だろう。逃げたくなるのも理解はできる。

だが、なぜ自分を呼びだしたのかがわからない。

　本当に付き合っている人がいないとしても、辰巳の相手として誰も文句をつけられないような、可愛らしい人のほうが説得力があったのではないか。

「なんで、私だったんですか？　もっと他に適任者がいたと思いますが」

「……君しか思い浮かばなかった」

　辰巳は、ぼそっと答える。

　そんなふうに言われると悪い気はしない。

「牧瀬には、面倒くさいことに巻き込んで申し訳ないと思ってる。ただ、少しだけ俺の嘘に付き合ってくれないか！　俺たちが付き合っているとわかれば両親や親戚も、しばらくは諦めると思うんだ」

「しばらく……なんですね」

「そういう人たちだからな」

　辰巳は視線を落として、コップに手をかける。

　彼の実家の事情はよく知らないが、普通三十一歳という大人を騙《だま》してまで見合いさせるものだろうか。ただ、複雑な状況だということは理解できる。

　けれど、軽率に彼の嘘に付き合いますとは言えなかった。

　頼られると嫌とは言いづらいし、秘書としても彼を支えてあげたい。

　とはいえ、これは燕には荷が重すぎる案件だ。

仕事ではなく、プライベートだし、そもそも自分では辰巳と恋人同士というのに無理がある。

黙っていると、辰巳は何かを思い出したように立ち上がった。

「すまん、忘れていた。ちょっと待っててくれ」

「へ？　はい」

急いで外に出ていく辰巳を見送った燕は、ため息を吐いた。

頭の中は混乱してぐちゃぐちゃになっている。

燕の心の整理がつかないうちに、辰巳は布を手にして戻ってきた。どうやら、その布を水で濡らしてきたらしい。

「それは？」

「傷口を一旦拭《ふ》いたほうがいいと思ってな。絆創膏《ばんそうこう》は持っているんだろう？　出してくれ」

言われた通りに燕が絆創膏《ばんそうこう》を出すと、辰巳が目の前に跪《ひざまず》く。そして、そっと、燕の足に触れた。

「へ⁉　い、いいいっです！　自分でやれます！」

「踵《かかと》はやりにくいだろう。俺が君の歩幅を考慮しないで歩いたせいなんだ。これぐらいやらせてくれ」

焦った燕は、どうにか逃げだそうとしたのだが、しっかりと片足を捕まえられてしまう。

普段はそんなこと全く思わないというのに、彼に見られると思うと膝までのストッキングを穿いてきたことすら恥ずかしかった。

「だ、駄目です！　ほら、私ストッキングとか穿いてて、素足じゃっ」

口から飛びだした言葉は、最後まで紡ぐことができなかった。

ワンピースの裾を少し捲《まく》り、彼は無言でストッキングをするすると脱がしたのだ。

「……っ」

ただ手当をしてくれるだけだと自分に言い聞かせても、なぜか燕は官能を覚えてしまう。

自分に触れる彼の手が色気を纏《まと》っているせいかもしれない。

するりと脱がされたストッキングは隣へ置かれ、辰巳の膝の上に足を乗せた格好になる。

ワンピースから下着が見えないか少し気になった。

下着の一枚や二枚見られたところでどうということはないが、辰巳に見られるかもしれないと思うとなぜか恥ずかしくなる。

真剣な顔で足を見ている辰巳から、燕は視線を逸《そ》らした。

早く終わらせてこの羞恥《しゅうち》から逃げたい。

するとふいに、踵《かかと》に湿った感触がある。

「……っ⁉」

見ると、靴擦れができた踵《かかと》を、辰巳がぺろりと舐《な》めていた。

彼はその後も、傷に丁寧に舌を這《は》わせていく。

突然のことに頭がうまく働かず、燕は彼にされるがままになる。この状態がおかしいと判断できたのは、すっかり傷口全体を舐《な》められてからだ。

辰巳は、舐《な》め終わった踵《かかと》を濡れた布で拭《ふ》き、絆創膏《ばんそうこう》を貼ってくれる。そして最後に甲に口付けを落とした。

その姿に、燕は見惚《みと》れてしまう。

だが、すぐに頭の中で警報が鳴った。この警報に従ったほうが、自分のためだ。

「鳳さん……」

燕が口を開きかけたとき、ブーブーとスマホの振動音が聞こえた。辰巳が胸ポケットからスマホを取りだす。

燕は電話に出ても構わないと、ジェスチャーで伝えた。彼が礼を言うように頷き、部屋を出ていく。

その背中を見て、燕はあらためて彼のかっこよさに気づいた。

そんな彼の隣に立つのが、身長も高く可愛げのない自分では、すぐに嘘だとばれてしまう。彼が戻ってきたら、きちんと自分には無理だと断ろう。

燕はストッキングを穿き直し、足の甲に掌《てのひら》を置いた。いまだにそこが熱を持ったように熱い。

そっと一度撫《な》でてからパンプスを履く。

少し待っていると、辰巳が戻ってきた。机の上に置いてあった伝票を手にとって、部屋を出ていこうとする。

「すまん。すぐに行かないといけなくなった。出られるか？」

「え、あ、はいっ」

燕は慌てて鞄を手に取り、彼の後を追う。

「鳳さん、カラオケ代――」

「奢《おご》りだ。これぐらいさせてくれ、休みの日にこんなことで呼びだしてしまったんだから」

「それは別にいいんですけども……」

辰巳は通りまで出て、タクシーを捕まえる。彼が使うのだろうと思っていたのに、止まったタクシーに燕を先に乗せようとした。

「あの？」

「いいから、乗って」

「はいっ」

思わず返事をしてしまいながら、燕は車に乗り込み、奥へとずれる。けれど、辰巳が乗ってくる気配はない。

「牧瀬、家はどのへんだ？」

「え、っと……」

問われたことに答えると、辰巳が運転手に向かって「彼女をそこまで乗せてってくれ」と伝えた。

「私、電車で帰れますよ」

「足を痛めてるだろ。無理をするな。帰って安静にしてくれ。それと、さっきのことだけど、考えておいてくれると嬉しい。今日は本当に助かった。ありがとう」

否《いな》と言わせない態度で運転手に一万円を差しだして扉を閉める。

タクシーがゆっくりと発車したので、仕方なく燕はシートに深く座った。

結局、断れないままになってしまった。

通り過ぎていく街並みを眺めながら、燕は辰巳のことを考える。

先週、彼が話そうとしていたのはこのことだったのだろうか。道理で歯切れが悪いはずだ。

もともと彼は人にうまく頼れないタイプの人間だ。そんな彼が自分に頼んできたということは、それだけ切羽詰《せっぱつ》まった状態なのだろう。

本当に断っていいのだろうか。

断って後悔しないだろうか。

逆に受けて後悔しないだろうか。

あんなことを承知しても、上手くいくとは思えないけれど、断った場合、辰巳はどうするのだろうかと心配になる。

いくら考えてみても、結論は出ない。

ただ、彼が自分を見たときのホッとした顔が頭から離れなかった。

第二章　霞《かすみ》に千鳥《ちどり》

辰巳の見合いから二日後の月曜日、燕は体調を崩し会社を休んでしまった。

あの日は帰宅後も、ずっと辰巳のことを考えていたのだ。

読みかけだった小説もほったらかしにし、食事もほとんど取っていない。それほどまでに、頭の中が辰巳一色だった。

考えて、考えて、考えすぎた結果の熱だ。

まさかこんなことで熱を出すとは思わなかったし、会社を休むほどだとも思わなかった。

自分のメンタルの弱さにびっくりする。

自分には務まらないので断ろうと何度も決意したはずなのに、なぜ体調を崩すのか。

それは、心のどこかで、断ることを躊躇《ためら》っているからだとわかっている。

燕はベッドの上でぐったりとしながら一日を過ごす。スマホを手に取って、写真フォルダを開いた。日付を遡《さかのぼ》って、昨年末の会社の飲み会の写真を出す。

それは加里が撮った辰巳と燕の写真だ。

辰巳の隣に燕が座り、話をしている。

基本スマホで撮った写真はパソコンに保存して消すようにしているのだが、この写真はなぜか消すことができないでいた。

「どうすればいいのやら……」

何度考えても結局答えは一つだった。

燕は彼の提案を断ろうと数十回も繰り返している決心を、もう一度した。

翌日の朝、体調がそこそこ回復した燕は、出社した。

けれど、なぜだか他の社員が自分をチラチラと見ていることに気がつく。一日休んだ程度で、それほどみんなに迷惑をかけてはいないはずなのに、おかしい。

「何……？　イジメみたいなこの雰囲気」

そんなわけはないとわかっているが、嫌な気持ちが胸の中に広まっていく。

不思議に思いながらデスクにつくと、加里が近寄ってきた。燕は彼女に事情を聞くことにする。

「加里、おはよう」

「おはよう。体調大丈夫？」

「うん。全回復ってわけじゃないけど、もう大丈夫だよ。ところで、何、この雰囲気？」

そう聞くと、加里はからかうような表情になる。

「あのさ、単刀直入に聞くけど、燕ってばいつから鳳さんと付き合ってたの？」

「は……い？」

「この間はぐらかしたのは、鳳さんに口止めされてたとか？　それならしょうがないけど、言ってくれたらよかったのにー」

屈託のない笑みを浮かべている加里を、燕は茫然《ぼうぜん》と見つめてしまう。

いったい何がどうなってそんな話になったのか。

まさか、辰巳自身が話したとか。あまり考えられないことではあるが、それしか思いつかない。

「ごめん、その話は後で」

「はいよー」

加里に断って、燕は辰巳のそばへ寄る。声を少し荒らげそうになるのを我慢して、冷静さを装《よそお》う。

「鳳さん」

「牧瀬、体調はいいのか？」

「はい、もうすっかり」

「そうか。……ちょっと、いいか？」

燕がこの事態の原因を聞く前に、辰巳が視線で会議室へ促《うなが》してきた。まだ就業時間前なので席を外しても問題はない。

「私も少し話がしたいです」

会議室に入ると、燕はさっそく切りだす。

「鳳さん……あの――」

すると突然、扉が開き、社長の森田が会議室に入ってきた。

「あ、こんなところにいたー。しかも、ちょうどよく二人で！」

「社長」

森田が悪戯《いたずら》っ子のような、それはもう楽しそうな笑みを浮かべている。これがうちの社長なのかと少し呆れもするが、仕事には大胆で鋭い人であることを燕は知っていた。

それはともかく、森田はにこにこと二人に話しかける。

「もー、こんなところで早々と密会なんかしてー」

「密会……って、何をおっしゃってるんですか」

「いやいや、いいのわかってるから。にしても、ちゃんと言っておいてくれればお祝いしたのに、二人共水くさいんだからさー」

燕は眉間《みけん》に皺《しわ》を寄せた。辰巳に視線を向けると、彼も眉をひそめて困った顔をしている。

けれど、森田はなおも言葉を続けた。

「二人が本当に付き合ってるなんて知らなかったからさぁ。この間、告白とかって煽《あお》っちゃって、ごめんね。いや、でも、お似合いだよ！　二人が一緒に立ってると、凄《すご》くしっくりくるっていうか自然というか、これが当たり前って感じな部分があったからさ」

「社長、なんの話を……」

「なんのって、もうしらばっくれなくてもいいじゃない。この間、二人が手を繋いで歩いているの俺、見ちゃったからさー。もうびっくりしちゃったよ。岩瀬ちゃんなら何か知ってるかなって聞いても、彼女も知らなかったって言うし。二人共隠すのうまいよねー」

森田の言葉を聞いて、燕は理解した。

今日の社内の雰囲気――それは森田のせいだ。

止まらない森田の話に、辰巳が割って入る。

「森田さん、牧瀬と二人で話がしたいんで少し席を外してもらっていいですか」

「えー、つまんないなー。ま、いいか。とりあえずこれ渡しておくね。行ったら感想よろしく。あ、キスまでは許すけど、それ以上は会社じゃ駄目だからね」

なおも話したそうな態度で何かを手渡す森田に、辰巳が声を荒らげる。

「するわけないだろ！　怒るぞ！」

「辰巳が怒ったー」

彼が怒鳴る声など聞いたことがなかった燕は固まる。それをよそに、森田は平気な顔でゆうゆうと会議室を出ていった。

途端に会議室は静かになる。

「えーっと、結局どうなっているんですか」

「すまん。この間、俺たちが一緒にいるところを森田さんが見たらしくてな。俺たちが付き合っているんだと勘違いして、岩瀬や他の社員に確認して回ったようで……」

そうやって、社員全員に話が広まったということか。

「……こんなことになって大変申し訳ないと思っている。だが、この間のこと、どうしても頼みたい。牧瀬しかいないんだ」

辰巳が頭を下げた。

「頼む。牧瀬が負担に思うようなことがないように努めるし、俺ができることはやるつもりだ」

頭を上げ、燕の手を取って顔を近づけてくる。

間近に迫った真剣な顔を見て、燕は口から拒絶の言葉を出せなくなった。

本来頼られることに慣れている燕だ。頭を下げられて断れるわけがない。

それに、こんなに社内で噂になってしまうと、別の人に頼むというのは難しいだろう。

「……っ、こうなってしまったら断れないじゃないですか」

燕はため息まじりに答えた。

不可抗力とはいえ、外堀を埋められてしまった感覚だ。

ただ、最悪だと思うと同時に、これで言い訳ができるとも思っている自分にも気がつく。

断れない状況に陥《おちい》ってしまったから、自分の意思とは関係なく彼の恋人のふりをする——そんな卑怯な考えを頭から追い払うように、燕は首を振った。

憧れていたのは鴨井であって、辰巳ではない。分不相応に彼を気にしたことなどない、と自分に言いきかせる。

けれど今も、頭の中の警報は鳴り響いていた。

そんな燕の手を辰巳が両手で包む。

「ありがとう、牧瀬」

その柔らかい笑みを見て、燕は頭の中の警報の電源を自《みずか》ら落とした。

「それで、私はどうすればいいんですか？」

「今日の夜は空いているか？」

「空いてますけど……」

それがなんの関係があるのかと、首を軽く傾げる。

「なら、今日の夜、俺に時間をくれ。今後についての打ち合わせがしたい」

「……打ち合わせ？」

彼の恋人のふりをするというだけで、それほど話し合う必要があるのだろうか。

だが、彼と釣り合わない自分には、覚えておかなければいけないことが確かにあるかもしれない。

「わかりました。定時であがるので、その後でいいですか？」

そう答えると、辰巳は微妙な顔をした。

その反応で、定時は厳しいのだということがわかる。

けれど、普段から辰巳は仕事をしすぎだ。その上、燕もあまり遅くなるのは嫌だったりする。

「ワーカーホリックは駄目ですよ」

「そうだな。わかった」

腕を組んでじっと見つめると、辰巳は息をぐっと呑み込んで頷いてみせた。


こうして燕は、辰巳の恋人のふりをすることとなった。

自分には荷が重いし、すぐにこの嘘がバレることもわかっているが、真面目で不器用な辰巳をできるだけ助けようと決める。

燕は仕事をさっさか終わらせ、宣言通り定時にあがる算段をつけた。

辰巳も定時を少し過ぎたころに会社を出るという。二人は彼がよく行くというお店の前で待ち合わせをした。

燕は地図を頼りに、住宅街の中にあるその店を見つける。シンプルな暖簾《のれん》がかかった店の中からは、外にまで賑わいが漏《も》れてきていた。

さほど待たずに、辰巳が現れる。

「牧瀬、待たせたか？」

「いえ、今、ついたところなので」

「入るか」

「はい」

暖簾《のれん》をくぐると、エプロン姿の女性が一人立っている。年は燕の母親ぐらいだ。彼女は辰巳の姿を見て、穏《おだ》やかに「いらっしゃい」と笑った。

「鳳さん、珍しいわねぇ、女の子を連れてくるなんて」

「まぁ、ちょっと」

「そうなの。鳳さんのいい人ってことね。おばちゃんは嬉しいわ」

困ったように辰巳も笑う。

その自然な表情に、燕は、ここが彼にとって安らげる場所なのだとわかった。

カウンターの隅に隣同士で座ると、その女性——女将《おかみ》がおしぼりを差しだしてくれる。

「いつもみたいに適当に出しちゃっていいのかしら？　お嬢さん何か食べたいもの、嫌いなものはある？」

そう問われた燕は、慌てて目の前にあるメニュー表と壁に貼ってある紙を眺めた。どれも美味しそうだ。

「あさりの酒蒸しが食べたいです。他にも何かおすすめを二、三品。嫌いなものは特にないのでなんでも大丈夫です」

「遠慮しなくていいのよ？　鳳さんなんかトマト嫌いだからトマト系のものは出さないでくれーとか言うんだから」

「女将《おかみ》さんっ」

辰巳が素の顔で焦る。

仕事をしているとき以外の彼のことを、燕はほとんど知らなかった。確かに辰巳の言う通り話し合いが必要かもしれない。

「鳳さんはいつものハイボール？」

「いや、お茶を二つ」

「お嬢さんもお茶でいいの？」

「はい、お茶でお願いします」

これは重要な打ち合わせなのだから、それが終わるまではお酒を飲むわけにはいかない。

女将《おかみ》が奥に引っ込むと同時に、燕は視線を辰巳へ向けた。けれど、なんと切りだしてよいかわからず、代わりに別のことを聞く。

「トマト、嫌いなんですね」

「どうもあの皮の部分が嫌なんだ。あと、中身」

「それトマト全部ってことじゃないですか。ってことは、トマトソースも駄目なんです？」

「ソースは食べられないわけではないが、好んで食べない」

「大人になると我慢して食べることもできますもんね。ただ好き好《この》んで食べないってだけで」

「子どものころのほうが素直に残せたな」

二人で小さく笑い合い、届いたお茶で軽く乾杯した。

「さて、今回の事案についてなんだが、最低でも人に話せる馴れそめは用意しておきたい」

すぐに辰巳が切りだした。仕事のような口調だが、それが燕にはありがたい。

「馴れそめ、ですか」

「あぁ。誰かに尋ねられたときに、二人で別々のことを言わないようにしたいんだ」

「わかりました」

「俺たちの雰囲気では、付き合って数ヶ月経っているというのは難しいだろう。一ヶ月ほど前からというのが妥当だな。会社の人間に黙っていたのは、森田さんの耳に入れば面倒くさいから、俺が口止めをしたということに」

「まぁ、確かに。社長、凄《すご》かったですからね」

燕は今日の森田の様子を思い出し、答えた。

「告白は俺から――」

そこで、言葉を切った辰巳は、真剣な表情で燕を見つめる。

「牧瀬が入社した当初から、俺は密《ひそ》かに想いを寄せていたが、ずっと黙っていた。けれど先日やっとその想いを告げ、君は戸惑《とまど》いながらも受け入れてくれた」

燕は視線を天井に向ける。淡々とした口調だが、結構恥ずかしい台詞《せりふ》だ。

それなのに辰巳はなんとも思っていないのか言葉を続ける。

「俺はあまり言葉にするのが得意ではないが、君にだけは伝えられる。君と一緒にいると落ち着くし、幸せを感じるんだ……」

彼は、少しだけ目尻を下げて言った。

まるで本当にそう思っているかのような雰囲気に、燕の身体は一気に熱くなる。

「ちょ、ちょっと待ってくださいっ」

「どうした？」

「そ、その馴れそめ、お、鳳さんが積極的すぎません？」

「そうか？　普通だと思うが……」

辰巳は不思議そうな顔をした。つまり、彼にとってはこれが普通なのだろう。

「何か劇的なエピソードがあれば取り入れたいところだが、ないほうが逆にらしいと思うんだ」

「そう、ですね。確かに私と鳳さんの性格を考えると、特に盛り上がりのある事件はないほうが真実味があるように思えます」

燕は軽く深呼吸して、振り回されっぱなしの頭に冷静さを取り戻した。

これは偽恋人の話であって、本当ではない。やるからには徹底的にやらねば、簡単にボロが出てしまう。

気持ちを切り替え、辰巳の話を手帳にメモしていく。もちろん誰かに見られたとしても仕事の内容だとしかわからないように工夫する。

さらに最低限のことをいくつか決め、それ以外は適当に誤魔化して話した後、互いに報告をすることにした。

それが終わると、辰巳がふうと息を吐きながら切りだした。

「それと、一つ頼みがあるんだ」

「なんですか？　ここまで来たらなんでもどうぞって感じですよ」

「俺と一緒にパーティーに参加してほしい」

「パーティー？」

「あぁ、会社関係だけではなく、俺個人が招かれているものもだ」

「秘書……として、ではないですよね。もちろん」

辰巳個人のものとはどういうことだと気にはなるが、燕は軽く頷く。

「そうだ。ドレス代や必要なものは俺に請求してくれ」

辰巳はそう続けた。

けれど燕は、自分のものは自分で支払う主義だ。仕事に関係ない出費が続くのであれば考えるが、こちらに関しては簡単に頷けるものではない。

「承知しました。とりあえず、それなりのドレスは持ってますから大丈夫です」

「わかった。何かあれば遠慮なく言ってほしい」

「ありがとうございます」

燕は小さく頭を下げた。

「まずは、再来週の土曜日にある会社関係のパーティーだな」

「あぁ、大手企業の社長の婚約パーティーがありましたね。お相手が一般人だと、週刊誌が騒いでました」

「芸能人でもないのにな」

「あの社長は若い上に顔が整ってますからね。ファンが多いみたいですよ。あのパーティーに出席すればいいんですね？」

細々《こまごま》とパーティーについて打ち合わせしながら二人は食事をして、夜の八時過ぎに解散した。

自宅に戻った燕は、早速クローゼットの中からパーティーに着ていけそうなドレスを引っ張りだす。

淡いグリーン色で襟と袖がレースになっているミディアムドレスは、二年ほど前に一《ひと》目惚《めぼ》れして購入したものだ。

自分が着るには可愛すぎる気がして一度も袖を通したことがなかったそのドレスを、思い切って選んでみる。

恋人とパーティーに連れ立っていくには、このくらい華やかなものがいい。

ドレスを身体に当てて姿見を見ながら、燕は自分が浮き立っていることに気がついた。

これから先どうなるかわからないし、この恋人のふりをどのぐらい続けられるのかもわからない。

ただ辰巳ができるだけ長く自由でいられればいいと、思った。

翌日、加里から早速ランチに呼びだされ、燕は辰巳との馴れそめを白状させられた。

先を予測する辰巳の能力に舌をまく。ここで二人の話が違っていたら大問題だ。

「――それで？　どうして黙ってたの？」

「鳳さんが社長にバレると面倒だからと……私も今さら恥ずかしかったし」

勢い込んで質問していた加里は、辰巳が作ったストーリーにいとも簡単に納得した。

「確かに森田さんのテンション、いつもより激しかったよね。燕もこういったことで注目を浴びたり、いろいろと言われるの好きじゃないもんね」

「まぁ……うん」

恋愛に現《うつつ》を抜かすなんて自分の柄《がら》ではない。

燕はそこだけははっきりと頷く。

「二人はこれからってことだね。二人のペースで、ゆっくり進んでいけばいいんじゃないかな」

「……うん。ありがとう」

加里とのランチを終えて、社内に戻る。なんとなく辰巳のほうへ視線を向けると目が合った。恥ずかしくて、思わず視線を外してしまう。

こういう場合、可愛い女性なら、にっこりと恋人に笑っておいたほうがいいというのに、自分の機転の利かなさに腹が立つ。

前途多難だと思いながらデスクに戻り、仕事を再開させた。

しばらくするとスマホに連絡が入る。辰巳からだ。

一瞬彼のほうを向こうとして、燕は思いとどまった。

ギギッとロボットのような擬音が出そうなほど不自然に顔をパソコンに戻す。

そっとスマホ画面を見ると、【要、相談案件】の文字が見えた。その内容を確認する。

【要、相談案件。森田さんから期限が今週中のペアチケットを昨日渡されたんだが、今

週の土曜日は空いているか？　できれば今後のために予行演習をしておきたい】

これはデートの誘いと受け取っていいのだろうか。いや、それ以外にないのだが、もう少しスマートにならなかったのかと、燕は笑いをこらえた。その辰巳らしさに胸が温かくなる。

すぐに【予定はありません】と返すと、【了解】という返答がくる。

森田がなんのペアチケットをくれたのかはわからないが、異性とデートなんて久しぶりだ。たとえふりでも、ときめいてしまう。

燕は鼻歌を口ずさみそうになるのを我慢して、その日の仕事を終えた。


そして、あっと言う間に金曜日になり、燕は終業後にショッピングに向かった。

明日辰巳と出かけるための服を探しにきたのだ。ここ数年恋愛から遠ざかっていたため、デート服というデート服を持っていない。

洋服を見ながら悩んでいると、店員が声をかけてきた。

「どんなものをお探しですか？」

「えーっと……」

なんと言えばいいのか全く思い浮かばなかった。この年になってデートに着る服とは言いたくない。

「……普段オフィスカジュアルばっかりなので、もう少し違う服を着ようかと思って」

デートという言葉を避けてどうにか伝える。

「なるほど。それでしたら、こちらはいかがですか？」

店員が差しだしたのは、ベージュピンク色をしたプリーツシフォンのロングワンピースだ。マキシ丈のスカートの線がとても可愛い。

その女性らしいデザインに、燕は気後《きおく》れした。

「え、私にはちょっと甘すぎるかな、と。……なんていうか背が高いと似合わなくないですか？」

「いえいえ、こういうロングワンピースはお客様のように身長がある方のほうが、バランスがとれて、スタイルもよく見えるんですよ」

「……え、っと。試着してもいいですか？」

「はい、もちろんです」

にこやかな店員に誘導され、試着室に入る。似合わないことはわかっているが、試着もしないで断るのも躊躇《ためら》われた。

ワンピースを着て鏡を見る。

マキシ丈のワンピースは、意外にも丁度いい高さに裾がきて、燕の動きにあわせてひらひらと揺れた。色味は落ち着いたピンクで、顔色をよく見せる。

カーテンを開けて出てみると、店員が満足そうに頷く。

「やっぱりお似合いになりますよ」

「ありがとうございます」

今まで挑戦してこなかった服に気分も華やいでいる。

燕はこのワンピースを買うことにし、せっかくなのでアクセサリーも何点か求めた。

自分でも少し、いやかなり浮かれていることを自覚している。

今まで考えたこともなかったが、誰かのためにオシャレをするのは楽しい。

家に帰ってからも、靴と鞄をどうするかで悩みに悩む。

辰巳と出かけるのだと思うと、安心してヒールが履ける。買ったはいいものの、ずっとしまっていた華奢な踵《かかと》の靴を選んで準備をした。

この恋人のふりを楽しみ、得をしているのは多分自分のほうだ。

現に燕は、弾む気持ちを止められなかった。


翌日の土曜日。燕は会社に行く日と同じ時間に起きた。

待ち合わせの時刻までまだ余裕はあるが、きちんと化粧をして髪の毛をブローする。

そして何度も鏡の前でチェックをしてから、外に出た。

春らしい風が吹いて、気持ちがいい。ひらりひらりとどこかから飛んでくる桜の花びらがとても綺麗だ。

待ち合わせの場所につくと、すでに辰巳が待っていた。

スーツ姿ではない、モノトーンの色合いのカジュアルな格好は、彼のスタイルの良さを際立たせる。普段きっちり纏《まと》めている髪は、自然な感じに整えられていた。

「お待たせしました」

「いや、俺が早く来ただけだから気にするな」

普段、会社で会っているのに、今日の辰巳はとてもまぶしい。

「……今日はどこに行くんですか？」

「ベタな場所だ。とりあえず移動しよう」

目的地をはぐらかしながら、辰巳は近くのコインパーキングに足を向けた。

「駅に行かないんですか？」

「車で来たんだ」

辰巳が近づいていったのは、コンパクトでスタイリッシュだと人気のスポーティーな車だ。ワインレッドのその国産車は燕が考えていた辰巳のイメージとは少し違った。

燕が思い描いていたのは、もっと派手な外車だ。

「ワインレッドなんですね」

「銀にするかで悩んだんだが、せっかくだし普段使わない色のものを買おうと思ってな」

「綺麗な色ですね。私好きです」

「それならよかったよ」

辰巳が助手席の扉を開けてくれる。

「あ、ありがとうございます」

「いや」

燕は助手席に座り、シートベルトをつけた。

ちらりと車内を見てみるが、中はとても片付いている。燕の兄の車にはぬいぐるみがたくさん置かれ後部席には荷物が放り投げられているので、不思議な感じだ。

彼は運転席に乗り込み、静かに発車させる。荒さのない、丁寧な運転だ。

車内にはジャズが流れていて、燕は彼の趣味を一つ知った。

「鳳さんは、よく運転するんですか？」

「あぁ、休日はドライブに行くな。車でどこかに行くのが好きなんだ」

「いいですね。私免許は持ってるんですけど、ペーパーで……」

「頻繁に乗らないと感覚を忘れると言うな。車でどこかに行きたいときは言ってくれれば、俺が連れていくよ」

「も、もう。そんなこと言って……、足みたいじゃないですか」

「……そこは、恋人だからだと思ってほしいんだが」

辰巳は不可解そうに眉を寄せた。

燕は、自分で自分を殴りたくなる。恋愛ごとから遠ざかりすぎていて、その発想はなかった。確かにこれでは予行演習が必要だ。

けれど、辰巳は特に燕を責めることもなく、運転している。

しばらくしてついたのは、大型ショッピングモールだった。辰巳は燕を連れてエレベーターに乗り込み、屋上まであがる。

「プラネタリウム？」

屋上にあったのは、小洒落《こじゃれ》たプラネタリウムだった。

「あぁ、最近人気らしくてな。森田さんがくれたチケットがコレなんだ」

「なるほど。さすが森田さん、用意がいいというか、なんというか……」

「本当にな。さ、入ろうか」

辰巳に促《うなが》されてロビーに入ると、薄暗い照明の中壁がきらきらと光った。その光景に燕は小さく感嘆する。

その小さな光は、二人の後を追って動いた。

「ん？　え？　ついてくる？」

「らしいぞ。人に合わせて星が動くようになっているらしい」

「はー、今どきって凄《すご》いですねぇ」

星に追いかけられるという不思議な光景に、心がときめく。

そして、プラネタリウムの中に入ると、半分以上の席が二人がけの白いソファーと寝そべるタイプの緑のクッションになっていた。どうやらペアチケットの席はこのソファーのようだ。

パンフレットには雲ソファーという名前だと紹介されている。なんでも雲に乗ったような気分でプラネタリムが見られるとのことだ。

だが、その雲ソファーに二人で並んで座ると、相手との距離がとても近づくことに燕は気づいた。

「……近いな」

「……近いですね」

絶対に森田は知っていて、この座席を取ったに違いない。

気まずいまま二人で雲ソファーに収まる。ただふわふわとした座り心地が気持ちいい。

「そろそろ始まるみたいだな」

辰巳が呟《つぶや》いた直後、徐々に暗くなっていき、天井から光が散らばり始めた。

燕はすぐにプラネタリウムの世界に引き込まれ、有名な俳優のナレーションを聞きながら、星の物語に没頭する。

ふいに、手の甲が触れ合った。

咄嗟《とっさ》に引っ込めようとする燕の手を、辰巳が掴む。ゆっくりと指と指の間に彼の指が差し込まれた。

触れ合った箇所がとても熱い。

プラネタリウムに集中したいのに、手に思考が吸い寄せられてしまう。ナレーションが何を言っているのか、燕は理解できなくなっていった。

どきどきしているうちにいつの間にか上映が終わり、緩《ゆる》やかな光が入ってくる。

燕は離されないままの手をどうしようかと戸惑《とまど》った。

決して嫌な気持ちではない。

しばらくして辰巳が手を離す。その手が名残惜《なごりお》しそうにしていると思ったのは、燕の願望だろうか。

けれど、燕は抗《あらが》わずに手を離し、鞄を手に取り立ち上がった。

二人は静かにプラネタリウムを出る。

辰巳の提案でランチを食べながら、この後どうするか話をした。

「まだ時間は平気か？」

「はい、だってまだ昼の二時ぐらいですよ」

「そうしたら、どこか行きたい場所はあるか？　この辺りだと遊園地か猫カフェか買い物ってところだな。あとは、公園もある」

どれもデートには定番といえば定番なコースだが、燕は見た目に反してインドアなタイプなため、ゆっくりできるほうが嬉しい。辰巳はどうなのだろうか。

「鳳さんは？　どれがいいとかってありますか？」

「俺は……、牧瀬が行きたいところに、と思う。……それだと無責任か。せっかくだから猫カフェで落ち着きたい」

「私も落ち着きたいです」

「なら、猫カフェにでも行ってみようか」

二人は近くの猫カフェに入った。

中にはソファーやベッドが置いてあり、客がくつろげるようになっている。燕と辰巳は座り心地のよさそうなソファーを選び腰掛けた。

人馴れしているらしく、すぐに猫がやってきて、当たり前といった顔で辰巳の膝の上に寝そべる。

「これは……、動けないな」

仏頂面《ぶっちょうづら》の辰巳が猫を膝に乗せている姿は面白い。

「写真撮りましょう。写真」

燕はスマホを取りだして数枚写真に収めた。

辺りを見渡すと、いたるところで猫が自由気ままに過ごしている。プラネタリウムのような妙な緊張感などない、とても素敵な空間だ。

燕はほっと息を吐きだした。

それから、辰巳の隣で猫を撫《な》でながら、漫画を読んだり猫の写真を撮ったりしているうちにあっという間に三時間が過ぎてしまう。

ほっこりした気持ちで外に出ると、すっかり日は暮れていた。

「いやぁ、いい空間でした。幸せ空間」

「人馴れしてる猫だと触れるからいいな」

燕は頷く。すっかり忘れていたが、当初の目的である予行演習にもよかったと思う。猫のお陰で、辰巳のすぐ隣にいることに大分慣れた。

そのまま辰巳が「帰るか」と言う。燕はまた一つ頷いて、二人で駐車場へ戻った。そして、自宅近くのコンビニまで送ってもらう。

「今日はありがとうございました。……あの、ガソリン代を――」

「いいんだ。今日は俺が誘ったんだし、車で送り迎えしたかっただけだから、気にしないでくれ」

「ありがとうございます。……次は、私が奢《おご》りますね」

今日はほとんど辰巳に出してもらってしまったのを申し訳なく思った燕がそう言うと、

辰巳が嬉しそうに笑みを零《こぼ》す。

「あぁ、次な。楽しみにしてる」

その笑みに見惚《みと》れている間に、辰巳は車で去っていく。

燕が我に返ったのは、彼の車がもう見えなくなって随分経ったころだった。

——本当にあの笑顔は鳳辰巳のものなのだろうか。

仏頂面《ぶっちょうづら》で表情筋が生きているのか心配なくらいな人なのに。あの柔らかい笑顔はなんなのだ……

燕はその衝撃にふらふらと足をふらつかせて、自分の部屋へ戻った。

そして、今日のデートを振り返る。

思えばあまりに健全すぎるデートだ。せめて夕飯ぐらいは一緒にしたほうがよかったのではと考えたが、いくらなんでも偽の恋人にそこまでしたくはなかったのかもと気がつく。

燕はスマホに、【今日は楽しかったです。またどこかに行きましょうね】と打ったのを、慌ててボタンを連打して消す。

楽しかったという旨だけを送信してシャワーを浴びにいった。

シャワーからあがると、辰巳から【俺も】という返信が来ている。

彼らしいそっけなさがなぜか嬉しく、思わず口角が上がる。

「これ、ちょっと……ヤバイかも」

自分の唇を触りながら、息を吐いた。

そもそもデートを素直に楽しいと思えてしまったのが問題だ。

これは辰巳を助けるための嘘であって、今回のデートも森田から貰ったチケットを無駄にできないことに加え、予行演習の必要があったからだ。

これ以上の感情はいらない。

燕は急いで髪の毛を乾かし、考えるのをやめて眠りにつくことにした。

その後も、燕はつい浮かれてしまう感情を抑えられないまま毎日を過ごした。

こんな華やかで可愛らしい気持ちは自分には似合わないというのに。せめてもの救いは、仕事だけはきちんとこなせていることだ。

気づけば、例の取引先の社長の婚約パーティー当日となっていた。

燕は美容院へ髪をセットしてもらいに向かう。

髪を結ってもらい美容院を出ると、見計らったように辰巳から【今どこにいる？】とメールが入った。燕は彼に電話をかける。

「鳳さん？　牧瀬です」

『今どこにいるんだ？』

電話に出た辰巳の声は、いつも通り落ち着いた深い響きだった。

「美容院を出たところで、これから会場に向かいます。近くの駅につくのが、パーティーが始まる三十分前ぐらいの予定ですが、何か問題がありましたか?」

『いや、今から迎えに行くから、電車に乗らず駅前で待っていてくれないか?』

「迎えですか?」

『あぁ。俺は恋人とは自分の車で行きたいからな。迎えに行かせてくれ』

「わっ、かりました……。お待ちしてます」

とてもストレートな愛情表現に顔が火照《ほて》る。

そうか、辰巳は自分の大切な人を迎えに行きたいタイプなのか。

燕は、彼の本当の恋人になる人を羨《うらや》ましいと思った。

駅前で十分ほど待っていると、一台の車が停まり窓が開く。そこからフォーマルスーツを着た辰巳が顔を出した。

「乗って」

「はい」

助手席に乗り込むと、彼が発車させる。

「どうした? 緊張してるのか?」

「なんだか、とうとうこの日が来たなって感じです」

「気負わなくていい。こういったパーティーが、初めてってわけではないだろ？」

「そうですけど、秘書として付き添うのと、鳳さんのパートナーとして参加するのでは、意味合いが違うんですよ。意味合いが！」

「はは、牧瀬は秘書としても女性としても素晴らしいんだ。胸を張って俺の隣にいてくれ」

「……りょ、了解です」

辰巳は不器用なくせに、ときどき自然と相手を口説くような言葉を吐く。

勘違いをしてしまう女性は、絶対に存在するはずだ。

燕はその一人になってしまわないように、自分を戒《いまし》める。

高鳴る胸を抑えながらついたパーティー会場は、豪華なホテルの宴会場だった。

彼にエスコートされながら会場に入ると、何人かの人がこちらに視線を送ってくる。

どこか自分がおかしいのかと縮こまりそうになる燕を、辰巳がぐっと支えた。

はっとして、燕も背筋を伸ばしお腹に力を入れる。

今日は彼のパートナーとして来たのだから、胸を張って幸せな恋人になりきらねば。

すぐに一人の男性がこちらへ向かってきた。いつもの癖で、燕は辰巳に耳打ちをする。

「ウグイス建設社長の春鳥《はるとり》様です」

秘書としてパーティーに参加するときは、必ず出席者を確認しておき、彼や森田のフォローをするのが燕の仕事だ。

彼らに限らず、取引先や商談相手など、絶対に忘れてはいけない相手の名前が咄嗟《とっさ》に出てこなくなることは多々ある。ときには忘れてしまうことも。相手を不愉快にさせないために、燕は下調べを欠かしたことはなかった。

だが、今日はそんなことはしなくてもいいことを思い出す。

失敗したと内心後悔しながらも、笑みだけは絶やさないように気をつける。

辰巳は何も聞いていないような、いつもの冷静な顔で立っていた。そんな彼に春鳥がにこやかに話かける。

「鳳さん、お久しぶりですね」

「春鳥社長もお元気そうで」

「ええ、なんとかやっていってますよ。ところで、隣の綺麗なお嬢さんはどなたですか？」

いささか不躾《ぶしつけ》とも言える態度で、春鳥は探るように燕を見た。辰巳はまったく顔色を変えず、平然と答える。

「私の恋人です」

「恋人……ですか」

「はい。いい加減プロポーズをして正式に婚約しようと思うのですが、なかなか仕事が忙しくて」

「なるほどなるほど。仕事が忙しいと、ついそういったことを忘れてしまうものだね。だが、忘れてばかりだと、女性は飛んでいってしまうから気をつけて」

「ご忠告ありがとうございます」

当たり障《さわ》りなく対応する辰巳の様子を、燕は静かに窺《うかが》う。

値踏みするような春鳥の視線には、にっこり笑顔で対応した。

彼とは何度かパーティーで面識があるはずだが、自分の利益にならない人間を覚えようとはしない人なので、燕を覚えていないようだ。または秘書の姿と今では雰囲気がまったく異なるせいで、気づかないのかもしれない。

しばらく辰巳に絡《から》んでいた春鳥だが、三十分ほどするとようやく去っていく。辰巳が小さく息を吐いた。

「あの人、自分の娘を俺と結婚させたがっていたんだ」

燕はなるほど、と納得する。

「ああ、そういうことですか。だから、人のことをじろじろ見てたんですね」

「悪いな、嫌な思いをさせて」

「これぐらい、全然問題ないですよ。笑ってかわすのは得意なんです。このために私が来たんじゃないですか。じゃんじゃん、挨拶していきましょう」

「頼もしいな」

その後、辰巳は何人もの参加者と挨拶をした。

驚いたことに会社関係ではない、辰巳個人と繋がりがある人が多数いる。辰巳の顔に疲れが見え始めたころで、やっと人が途切れた。

「あとは、今日の主役に挨拶だな」

すっと主役二人を囲む環《わ》の中に入ると、社長が辰巳に向かって笑みを浮かべた。

「鳳、よく来てくれたな」

「大倉《おおくら》さんに招待されたら、来ないわけにはいきませんからね」

辰巳は親しげに挨拶を返す。

「よく言う。面倒くさいパーティーには参加しないくせに。紹介する、婚約者の瀬尾実羽《せおみはね》だ」

大倉は自分に寄り添うように立っている女性を辰巳に紹介した。

「瀬尾です。よろしくお願いいたします」

女性が綺麗な会釈《えしゃく》をする。辰巳も燕の腰を抱き寄せて、二人に紹介してくれた。

「鳳辰巳です。大倉さんには昔からよくしていただきました。こちらは俺の恋人の牧瀬燕です」

「こんばんは。本日はおめでとうございます」

「ありがとうございます」

燕がお祝いを言うと、大倉の婚約者である実羽は嬉しそうに笑みを零《こぼ》す。

幸せの絶頂だというのがよくわかって、燕も自然と嬉しくなった。

挨拶の後、すぐに辰巳は大倉と話し込み始める。

どうやら彼らは、仕事上の知り合いというだけでなく家同士の繋がりで昔から親しいらしい。

大財閥の息子である大倉と家ぐるみの付き合いがあるほどの家が、辰巳の実家であるということを燕は初めて知った。

思えば、息子の意思を無視してお見合いを仕組むような家柄なのだ。とことん、自分とは釣り合わない。

燕は内心のため息を押し隠す。

すると、男性二人で盛り上がっているので退屈だったのか、実羽に話しかけられた。

「燕さんって可愛い名前ですね」

「ありがとうございます。実羽さんもとても素敵なお名前ですね」

ほっとした気分で答えると、実羽もなぜか晴れ晴れした顔になる。

「ありがとう。あー、なんだかあなたと話してると気持ちが楽になるわ」

「そうなんですか？」

「そうなの。私は一般人だから、こんなパーティーでは値踏みされまくりで気持ちが鬱々《うつうつ》するの！　今日も心からおめでとうなんて言ってくれたの、燕さんぐらいよ」

その言葉に、燕も深く頷いた。

「お金持ちの世界って大変ですね」

「本当よね」

呆れたように笑っているが、実羽がそれも含めて夫となる大倉を好いているのだというのは、見ていればわかる。こんな素敵な夫婦になれれば、幸せになれるだろうと思うほどだ。

「燕さんの出身は、私と同じなのかな？　もしパーティーのこととかで、何かあったら相談してね。て言っても、私もこういったパーティーに参加するようになったのは彼と婚約してからだから、どれだけお役に立てるかわからないけど」

「そんな、そう言ってもらえるだけで嬉しいです。ありがとうございます」

やはり、燕が庶民ということは言動でわかってしまうのだろう。

けれど、会社関係ではない個人的な知り合いができたのは嬉しい。

そのまま連絡先の交換をしていると、いつの間にか辰巳と大倉の会話は終わっていた。次の相手に挨拶をしに行きたいらしく、大倉が実羽を呼んでいる。

「それじゃ、燕さん。今度ゆっくりお茶しようね」

「ぜひ！」

二人を見送る燕は、ふと、視線を感じる。上を向くと、辰巳がこちらをじっと見ていた。

「ど、どうしたんですか？」

「いや、彼女であれば君にいろいろ教えてくれるだろうと思って。俺も安心できる」

「実羽さんともお知り合いなんですか？」

「いや、普通の家の出身だと聞いているが、彼女のことはほとんど知らない。でも、大倉さんが選んだ人だから心配ないだろう」

辰巳の言葉から彼が大倉をとても信頼しているのが伝わった。また一つ、辰巳のことを知ってしまう。

辰巳が再び、燕の腰に手を回し、会場の外に促《うなが》す。

「用事は済んだ。帰ろう」

二人はホテルの玄関口に回された車に乗り込む。燕は、深い息を吐きだした。

「疲れたか？」

「疲れました。秘書として参加しているほうが楽です」

「お疲れ様。今日は助かった」

「何も役に立つこと、してませんよ」

「いや、俺の隣に立ってくれていたというだけで心強いし、ありがたい。君の存在が俺を強くするんだ」

「な、んっ⁉」

辰巳の言葉に、燕は思わず顔を両手で覆《おお》った。

なんて殺し文句！　なんて口説き文句！

耳まで赤くなっていくのが自分でもわかる。

だが、これは恋人のふりなのだ。勘違いしないように、と何度も何度も言い聞かせる。

ふーふーっと深呼吸をしながら、辰巳へ視線を向けた。

彼は口の端を少しだけ上げて、こちらを見ている。そこからは嘘や偽りなど一つも窺《うかが》えない。

「ずるい人ですね」

「どうした急に」

「なんでもありません。早く落ち着きたいなぁって思っただけです」

「そうだな。帰ろうか」

辰巳は車を走らせ、自宅マンションの前まで送ってくれた。

最初のパーティーからこれでは先が思いやられる。どうにかして動じないようにしていかなければ。

こんな様《ざま》では彼の両親を納得させられず、辰巳がお見合いから逃れられない。

燕は気合を入れると、実羽に今日のお礼と共に、とある頼み事をメールした。

月曜日。燕はいつもの通り出社した。

けれど、何かあったのか社内が少し騒がしい。

「おはようございます」

「あ、牧瀬ちゃんおはよう。ちょっと、ちょっと」

挨拶をするとすぐに、森田に手招きをされる。燕は鞄をデスクに置いて、社長室へ向かった。

「どうしたんですか？」

「いやぁさぁ、これ見てよ」

「ネット？」

森田の前にあるパソコン画面を覗くと、そこには各レンタル会社のレビューがずらりと書かれていた。

燕の会社はレンタルサービス業なのだが、店舗は構えておらず、ネットのみでやりとりできる手軽さを売りにしている。

「お客様のレビューですか？」

「そうなんだけどさぁ」

森田が眉間《みけん》に皺《しわ》を寄せている。よい感想でないことは確かだ。

燕はそのレビューの文字を追っていった。

なんでもその客は、レンタルサービス業者の比較のために、さまざまな会社からレンタルをしたということだ。そして燕の会社を「使わないほうが吉」と評価していた。レンタルした冷蔵庫が壊れており、テレビの型もウェブのカタログに掲載されていたものよりも数年古い、洗濯機は除菌されていないのか汚いと書いてある。

「これが事実なら、大問題ですね」

燕も顔をしかめた。

「だよねー。事実であれば……」

森田は苦笑した。

たかが、個人のレビューとはいえ、ウェブのみで業務を行っている新興の会社には大きな影響を及ぼす。何より、こんなことが起こらないよう、細心の注意を払って業務手順が決められているのだ。何が起こったのか追及しなければならない。

「このレビューを書いたお客様にコンタクトを取って、謝罪した後で詳しい状況をうかがいますか？　それなりに閲覧数があるようなので炎上する可能性があります」

燕はこの先のことを考えながら提案した。

「それが一番かな……」

森田と話し合っているうちに、辰巳も出社してくる。事態を他の社員から聞いたらしく、彼も社長室に入ってきた。

「記事を見せてくれ」

辰巳は記事を熟読し写真を穴が空くほどに見る。そして、首を緩《ゆる》く傾げた。

「これ、うちが貸している商品じゃないな」

「え？」

「似てるけど違う。うちはこの型を扱ってないし、そもそもうちのであれば、すべてこの位置に会社のシールを貼ってるだろ？　それがない。おそらく他社と間違えているのか、嘘だな」

辰巳は、写真を指差して説明する。森田は感心したように、ふんふんと頷いた。

「ふぅん。なるほどねぇ。本当にうちが貸しだしていた商品であるなら問題だから、原因を究明して対策しないといけないと思ってたんだけど……嘘なら法的措置かな。とりあえず事実確認をしよう」

「わかりました」

燕は早速、クレーム対応担当の社員に、このレビューを書いた人物に連絡を取ってもらうように頼む。辰巳も一緒に指示を出した。

「最初はうちが悪いという姿勢で対応してくれ。可能ならこちらが送ったはずの注文確認メールを送ってもらえればいいんだが」

「そうですね。本当にレンタルをしたのであれば、記録が残っているので、何が問題だったのかわかりますし……」

今の状態だと対応のしようがない。

一旦やれるだけのことを済ませ、ひとまず全員、いつも通りの業務に戻る。

午後、辰巳が社外に出かけているとき、レビューアーから連絡が来た。

「例のお客様からメールの返信が来ました」

「こっちにも送って」

担当者にメールを転送してもらい、燕は森田と一緒に確認する。

レビューアーは、こちらが送ったメールはすでに消去済みで問題の製品をいつごろ借りたのかは覚えていない、ということだ。

「……嘘くさいよねぇ」

「ですね。時期だけでもわからないか再度確認しつつ、こちらの不手際だった場合の謝罪の手配をします」

「うん。よろしく」

メールに書かれていた住所と本名は、どんなに探してもレンタル記録に残っていない。

携帯番号も書かれていたので、念のために電話をかけてみると、別の人間が出る。

数日、調査をして、森田は悪質な営業妨害と判断し法的措置を考えていると相手に伝えると決めた。

その文章を作る担当者は辰巳に決まる。メールを打っているときの彼の顔は、いつにも増して無表情だった。

彼は今回の事態に、冷静に対処している。

燕たちは相手の態度に苛立っていたし、ピリピリしていたのに、彼だけはいつもと変わらず仕事をこなしているのだ。

その姿を燕は純粋に凄《すご》いと思い、尊敬した。

結局、そのレビューアーは虚偽のレビューを書いたと認めた。燕の会社から電化製品を借りたことは一度もなく、写真の商品は本人のものだということだ。

謝罪文を掲載させることで、会社は法的措置には踏み切らなかった。

この記事による大きな被害が出なかったので、燕はひとまずほっとする。

そしてそんな中、辰巳はやはり黙々と仕事をしていたのだ。

「え！　鳳さんあの大手企業との契約もぎ取ってきたんですか！」

その日、副社長自《みずか》ら営業に行っていた辰巳は、戻ってきた途端、若手社員に囲まれていた。

「あぁ、なんとかな。半年ほどお試し期間で、その後本格的に契約を考えてくれるそうだ」

これまでは個人向けを中心に業務をしていた会社だったが、ちょうど企業向けのレンタルにも乗りだしている最中だったのだ。

こんな騒がしい中で新規事業の契約を取ってくる。

頼もしい辰巳の姿を燕はじっと見つめた。

彼は燕の視線に気づき、こちらに向かって小さく笑みを零《こぼ》す。その笑みに燕は釘付けになった。

（……ずるい、本当にずるい人だ）

辰巳は普段無表情のくせに、燕を見ると時々、気が緩《ゆる》んだような自然体の顔になるのだ。

それは絶大なる効果をもって燕の心臓を貫《つらぬ》こうとしてくる。

やっかいだな、と燕はため息をついた。

それからの一ヶ月。燕は辰巳に頼まれるまま毎週のようにパーティーに参加した。

恋人の存在を見せつけるためだという。

その日も燕は、もう何度目にもなるパーティーに参加することになっていた。

大倉の婚約発表パーティーで着たドレスで出かける。

パーティーが中盤に差し掛かったころ、燕は化粧室へ寄った。

綺麗に施《ほどこ》した化粧も、数時間も経てばよれ始める。クロークから化粧ポーチを取りだしてメイクを直していると、ふいに入り口の扉が開いた。

後ろから「あっ」と声が聞こえる。

振り返ると、見覚えのある可愛いらしい女性が立っていた。辰巳のお見合いにいた、若い女性だ。

「あ、なた……確か」

相手はなぜだか、親しげに笑いかけてくる。

「こんばんは、以前鳳さんとのお見合いの席でお会いしましたね。私、松川雲雀《まつかわひばり》と言いますー」

「……ど、どうも、こんばんは。牧瀬燕です」

燕は後ろめたさもあり顔を引きつらせる。けれど雲雀には、なんのわだかまりもないらしい。

「あ、お見合いのことは気にしないでくださいね。私興味なかったですし、お断りする予定だったので」

あっさりと話す彼女に、燕は目をぱちぱちと瞬《また》かせた。

大人しそうな女性だと思っていたが、実際は違うようだ。

彼女も化粧直しにきたようで、燕の隣の鏡に向かい口紅を直している。そして、真っ直ぐ鏡を見ながら、燕に声をかけてきた。

「牧瀬さん」

「はい」

「先日のパーティーでもそのドレス着てませんでした？　お気に入りなんです？」

「え……？」

「声をかけたのは初めてですけど、私、何度か同じパーティーに参加してたんですよ。この間もその服、着ていたなぁと気になって」

燕は、雲雀が何を言いたいのかわからず、きょとんとしてしまった。

「結構、見てないようで周りの人って見てるんですよね。だから同じドレスを何度も着ることって私はあまりないんですけど、何度も着たいぐらい、そのドレスが気に入っているのかなぁって」

「それ、は……」

「だって、そうじゃないと周りが気づくほどなんて同じドレス着られませんもんね」

燕は顔から火が出るほど恥ずかしくなる。

まさかそんな指摘を受けるとは思ってもいなかった。

確かにこのドレスを着るのは数度目だ。けれど毎回クリーニングに出しているし、まだ古びてもいないから気にもしていなかった。二回連続で着ないようにしていただけでは駄目だったらしい。

燕のような中小企業に勤める社会人には、何着も高いドレスを買うことはできない。辰巳からもドレスについて何か言われたことがなかったので、問題ないのだと思い込んでいた。もしかしたら雲雀と同じように気づいている人から、陰口を叩かれているのだろうか。

自分の無頓着な行動で辰巳の評価が下がっていることに、燕は初めて気づいた。そんなことにならないよう、実羽に協力を頼もうとしていたのに、忙しくてそれものびのびにしてしまっている。

燕は吐きだしそうになった息を呑み込んで、雲雀に笑ってみせた。

「ええ、お気に入りだったから、あともう一回だけって着てしまっていたんです。でももう駄目ですね」

「そうですね。間をあけて、来年ならいいんじゃないですか？　でも、女性って流行に敏感ですし、季節に合わせたものでないと駄目だから、本当、億劫《おっくう》ですよね。毎回違うドレスを着て、自分の家は裕福なのだと虚勢を張ることに、なんの意味があるのか……」

雲雀が悪意で注意をしたのではないことは、口調や雰囲気、態度からわかる。だから、燕も笑って、彼女からの耳が痛い言葉を受け入れた。ただ、それでも気持ちがうまく昇華できない。

やはり自分は辰巳の恋人役には向かないと悲しくなる。

雲雀はそんな複雑な燕の気持ちには気づいていないのか、にっこり笑った。

「牧瀬さん、私、両親の知り合い以外の方にお友達があまりいないので、お友達になってください」

「はい？」

「駄目ですか？　ぜひ牧瀬さんにはいろいろと教えていただきたいんです」

ぐいぐいと来る雲雀を断り切ることができず、燕は結局連絡先を交換してしまった。

なんだかよくわからないまま化粧室を出て、雲雀に指摘されたことを思い返す。

辰巳とは住んでいる世界が違いすぎる。わかっていたつもりだったが、考えが甘かった。

会場の出入り口で待っていてくれた辰巳を見て、なぜだか少し泣きたくなった。

そして自宅に戻った燕は、情けなさにポロリと一粒涙を流す。その涙を拭《ぬぐ》って、早速、部屋中を漁《あさ》った。

泣いてばかりではいられない。苦手だの、似合わないだの言っている場合じゃないのだ。一つずつやれることをやっていこう。

まずは、ずっとサボっていた爪の手入れからだ。

「確か、どっかに入れておいたと思ったんだけどなぁ」

そして小さな缶の中から、爪磨きと透明のマニキュアを取りだす。

爪を整えて透明のマニキュアを塗った。

できればネイルショップに行きたいところだが、今は時間と金銭に余裕がない。

ここ最近ご無沙汰していた美容院にも行かなければいけないのだ。やることはたくさんある。

辰巳のことがなければ、意識もしなかっただろう華やかな手入れの数々に、意外にも燕の気持ちは浮上した。


それから一週間後の土曜日。燕は実羽に会いに行った。

「燕ちゃん」

「実羽さん。こんにちは、今日は突然ですみません」

「こんにちはー、特に用事もなかったから大丈夫だよ。晴れてよかったねぇ」

実羽がにこにこと笑みを浮かべているのを見て、燕は安堵《あんど》する。休みの日にわざわざ燕の相談にのってくれるのだ。できるだけ負担はかけたくない。

カフェに入り、紅茶とケーキを注文してから、燕はさっそく実羽に相談事を切りだした。

「鳳さんとパーティーに参加する機会が増えているんです。けれど、私はドレスやふさわしいワンピースをあまり持っていないし、アクセサリーやバッグも……。マナーもよくわかっていないので、その辺りをご教授いただけたらと思っていまして」

「うーん。実は、私もよくわかってないんだよねぇ。服も晴樹《はるき》が買ってくるのを言われたままに着てるの。ちゃんとした格好をしないとって思ってるんだけど、個人的には量販店の洋服が落ち着く。汚れても気にならないし」

実羽は考えるように、視線を宙に浮かせた。晴樹というのは、大倉のことだろう。

「気をつけているのはトータルバランスと自分に似合っているか、かな。あとはエスコートの邪魔にならないように。ちょっとしたミスでも晴樹の評価を落としてしまうと思うと大変なの。だから、ドレスも同じものは続けて着ないようにね」

実羽はそこで、普通はそれほど多くの服を持っていないことに気がついたようで、言葉を切った。

「あ、よかったら私のをあげようか？　彼が買ったものじゃないのは、タンスの肥やし状態なの」

「い、いえ、申し訳ないので、購入させてもらいます……！」

「うん。燕ちゃんが気にするなら、それでいいよ」

「ありがとうございます」

燕がお礼を言うと、実羽は何かを考え込む。そして、口を開いた。

「燕ちゃん、男性はね。恋人に頼られないと寂しくて拗《す》ねてしまう生き物だから。鳳さんにドレスのこと相談して、一緒に買いにいったらどうかしら？　きっと喜んで付き合ってくれるよ」

「そう、ですかね？」

本物の恋人ならそうかもしれないが、燕は見せかけの恋人役だ。ずうずうしくないかと、躊躇《ためら》う。

けれど、事情を知らない実羽は自信たっぷりだ。

「うん。ここだけの話、鳳さん、晴樹に『燕がなかなか頼ってくれない』って愚痴《ぐち》ったそうだから」

まさかそんな話を大倉にしているとは思ってもおらず、燕は恥ずかしさで叫びそうになった。

「だからね。彼に甘えてみたらいいと思うよ」

そう実羽が言い切って、燕の相談は終わった。

帰路の電車の中で、燕はもう一度実羽の言葉を考える。

甘えるという行為には慣れていない。頼られるのも甘えられるのも慣れているが、自分がするには抵抗がある。

甘えるという行為は可愛い女性がやるからこそ意味があるのであって、自分のように背が高く常に頼られる側がやるようなものではない。

どうすればいいのか、とため息をつきたくなった。

自宅マンションにつき、着替え終わったところで、テーブルの上に放り投げていたスマホが震える。画面を見ると、辰巳の名前が表示されていた。

「はい」

『今、大丈夫か?』

「大丈夫ですよ。帰ってきたところなので」

ベッドに寝転がりながら辰巳の声を聞く。耳元でする彼の声に、胸がざわついた。

『急なんだが、明日は空いてるか?』

「ちょっと待ってくださいね」

燕は鞄の中から手帳を取りだし確認をする。

「空いています」

そう答えると、辰巳は驚くようなことを言いだした。

『そうか、なら君のドレスを買いにいかないか?』

「え!?」

『いや、……いつも付き合ってもらっているし助けてもらっているから、君に恩返しがしたいんだ。それに、牧瀬、最近今まで以上に綺麗になったから……俺の我儘《わがまま》なのはわかっているんだが……』

咄嗟《とっさ》に断ろうとした燕だが、頭の中に実羽の「甘えてみたら」という声がリフレインする。

「おっ、お願い……します……」

思わず、言葉が漏《も》れていた。裏返った自分の声が恥ずかしい。

ただ、耳元から聞こえた安堵《あんど》したような息遣いに、自分の選択は間違っていなかったのだと励まされる。

『ありがとう。おやすみ』

「……おやすみなさい」

明日の約束をすると、辰巳が電話を切る。燕はスマホを持ったまま天井を見上げた。

――辰巳が自分の本物の恋人だったらいいのに。

苦しいような嬉しいような、複雑な感情が胸中に溢《あふ》れてきた燕は、慌てて自分の心に蓋《ふた》をした。

翌朝、燕は待ち合わせの四時間前に起きて、出かける準備を始めた。

「……浮かれすぎじゃない？　少しは冷静になりなさいよ」

鏡の前の自分に告げる。

自分らしくないと思うものの、足取りが軽くなるのを止められない。

駅前で待っていると、いつもの車で辰巳が迎えに来てくれる。

「待たせたか？」

「いえ、ついたばっかりなので」

彼の車に乗り込んでシートベルトを締める。この助手席に乗るのも慣れたものだ。

「今日はどこまで行く予定ですか？」

「あんまり詳しくないんだが、デパートに行こうと思ってるんだ」

確かにデパートなら安心だ。けれど、それなら電車でも行けたと、つい燕は考えてしまう。

「車で送り迎えされることに慣れきってしまって、なんだか申し訳ないです」

「俺が好きでやってるんだから気にするな」

そんな燕を辰巳は、微《かす》かに笑った。

「毎回ガソリン代や高速道路代を出していただいてますし」

「それも必要経費みたいなものだよ」

その辰巳の言葉で、燕の心に少しだけ重しがかかった。

必要経費――つまり仕事だ。彼にとってこれはプライベートではないのだ。

そんなことで落ち込むのは間違っているとわかっていつつも、心は沈んでしまう。

燕は気を取り直して辰巳に別の話題を振り、目的地につくまで話し続けた。

「牧瀬は好きなブランドは、あるか？」

「よく買うブランドはありますけど、カジュアルなブランドです。できれば今日は鳳さんにお任せしたい……と、思ってるんです」

「わかった。期待に応えられるよう頑張るよ」

辰巳はデパートの駐車場に車を停めた。

一緒にお店を見て回る。彼が気に入る雰囲気のものがなかなか見当たらないようで、二人は何軒もお店を梯子《はしご》していた。

するとふいに辰巳が立ち止まり、マネキンが着ているドレスを指差す。

「あれを試着してみないか？」

それはモスグリーンのスキッパーネックドレスだった。シンプルだが、胸元のレースに色気がある大人っぽいものだ。

試着してみると、身長の高い燕にはよく似合う。

「どうですか？」

「それだな」

辰巳はとても満足したように頷いた。

彼が気に入るものがあってよかったと、燕はドレスを脱いで店員に預ける。包んでもらったその服を受け取ろうとすると、すっと辰巳が持った。燕は驚いて、彼に言う。

「自分で持ちますよ」

「車までそう遠くないから持たせてくれ」

「……ありがとうございます」

辰巳は自然に燕の右隣を歩いた。

ふと彼の手に燕の手が触れる。自然とお互いの手を重ね合わせていた。

手を繋いだまま駐車場まで戻り車に乗り込むと、辰巳が夕食に行かないかと誘ってくる。

「そろそろ、いい時間だし、予定がないなら……」

「大丈夫です。どこに行くんですか?」

燕はつい、勢い込んで答えてしまった。

「知り合いの店だ。最近メニューを新しくしたとかで、一度来いって言われててな。それに、少し相談があるんだ」

「相談、ですか?」

「ああ。食事中にでも話すよ」

そう言って辰巳は車を走らせた。高速に乗って十五分ほどで目的のレストランにつく。イタリアをイメージしているらしいその店に入ると、すぐに奥へ案内される。辰巳が車で来ているため、ソフトドリンクで乾杯した。

「それで、相談とはなんですか？」

「俺たちが付き合いだして二ヶ月ほど経った。一緒にいるようになってからは一ヶ月ほどってところだな。そろそろ、その敬語なくさないか？」

「……っ、その言い方……」

本当に付き合っているかのような話をするので、彼は本当に質《たち》が悪い。燕はつい、言葉に詰まってしまう。

けれど、辰巳が言っているのは、それほどおかしな話でもない。

「そ、そうですね。仕事のときに甘えが出るのが嫌で貫《つらぬ》き通していましたが……やっぱり気になりますか？」

「少しな。寂しくも感じる」

「わかりました。やめます」

燕はきっぱりと宣言する。そして、「会社で言葉が砕けても、許してね」と付け加えた。

「もちろん。嬉しいからいいよ」

辰巳はいつもの仏頂面《ぶっちょうづら》を崩して、言葉通り嬉しそうにした。燕はまたしても勘違いしそうになる。

「……鳳さんって、……本当にたらし」

思わず呟《つぶや》いた言葉に、辰巳は不思議そうな顔をする。

「そうか？　俺みたいなのがたらしだったら森田さんなんて大変だな」

「森田さんはあのキャラクターで人を自然とたらしこむのよね。怖い人……」

そうして、いつもより少し砕けた雰囲気で食事が進む。

燕は辰巳との距離がまた縮まったように感じ、そわそわした。

それでもデザートまで堪能《たんのう》し、いつも通り自宅マンションまで送り届けてもらう。

彼女が車を降りると、辰巳も一緒に降りてきてトランクからドレスの包みを取りだす。

「今度のパーティーはこれを着てくれると嬉しい」

「……もちろん」

ドレスを受け取るために燕が手を伸ばすと、その腕を取られ、突然、辰巳に抱きしめられた。

「ひぇっ!?」

「いつもありがとう。燕」

「っつ」

耳元で男性らしい低く艶《つや》のある声が響く。

ぽかんと口を開け呆けている燕の頬に、辰巳がそっと触れた。

「ゆっくり休んでくれ、おやすみ」

離れていくぬくもりを追いかけようと、燕は無意識に一歩踏みだす。けれど、すぐに思いとどまった。

急いで自室まで戻り、ベッドに身体を投げだす。

「なんなの、あれ？」

辰巳はなぜ、突然燕を抱きしめたのだろうか。

「もしや、誰かが監視していたとか？」

辰巳の両親がそんなことまでするとは考えられない。そもそも、する必要がない。

いくらなんでも監視つきは突拍子もない考えだ。

とりあえず顔を洗って落ち着こうと、燕は洗面所に向かった。途中、ドレスの包みが目に入る。

中を開くと、モスグリーンのドレスとは別にもう一着ドレスが入っていた。

「えっ⁉」

取りだすと、黒のチュールミディドレスだ。トップはきらきらとしたガラスが散りばめられていて、綺麗な刺繍《ししゅう》が入っている。腕の部分はレースで、背中がぱっくりと開いた女らしいものだ。

店員が間違えて入れたのだろうか。いや、そんなことは絶対にありえない。多分会計のときに、辰巳がこのドレスも買ってくれたのだ。

「うそぉ……、いいのかな二着も……」

それにこの大人な女性をイメージするドレスが自分に似合うのか不安にもなる。

それでも燕は、辰巳から貰ったこのドレスを大事に着ようと決めた。


「最近変わったよね」

数日後の昼。午後の会議の準備をしていた燕は、手伝いの加里に突然言われた。

「何が？」

「服装と化粧、爪も。すごく可愛くなった。もう、彼のために綺麗になりますーって感じが満々」

確かにと、燕は思う。

端《はた》から見れば、燕は恋人のために日々綺麗でいようと努力している女性に見えるだろう。

実際はそうしなければ辰巳に恥をかかせてしまうと、必死になった結果だ。

「でもさ、私は嬉しい。恋愛を諦めてるところがあった燕が、鳳さんと付き合って変わっていってる！　やっぱり、鳳さんの隣だと気にならないのがいいんじゃない？」

「気にならないって、何が？」

「何って……、身長だよ。燕のコンプレックス」

加里に言われて、燕はあらためて気がついた。

彼に偽恋人を頼まれてから、それほど身長をコンプレックスに思わなくなっていることに。

この恋人のふりは、辰巳ではなく燕自身に都合がよい。

結局、燕も辰巳を利用しているのだ。

燕の心に罪悪感と、言葉にできない別の感情が交ざりあって濁《にご》った思いが湧く。

「もしかして気づいてなかったの？」

「うん。ヒールを履いても私のほうが彼より身長が低いから、何も考えてなかった……」

燕にとって身長は、どうしても拭《ぬぐ》いきれない欠点だったというのに。

小学生のころは「のっぽ」や「電信柱」と変なあだ名をつけられ、初めて告白した男子には「俺と身長一緒とかマジ無理」と言われた。高校に入っても、女友達にモテる始末で、身長が高い自分は女として見られないのだと信じている。

それを辰巳はいとも簡単に、忘れさせることができるようだ。

燕は複雑な思いで、密《ひそ》かに唇を噛みしめた。


それから二週間後の土曜日。

燕は辰巳と共に小さなワインパーティーに参加していた。

このパーティーは辰巳の友人が開催しているらしい。

辰巳に付き合うようになってから、彼がかなり広範囲の人間からパーティーに誘われていることを知った。燕は、彼の交友関係の広さに驚くばかりだ。

もっとも辰巳自身はあまりこの手の集まりは好きではないようで、必要のないパーティーには参加していなかったそうだ。けれど恋人がいることを周囲に認知させるために、今はあらゆる催《もよお》しに参加している。今日もまたそういった狙いでの参加だ。

会場であるレストランの窓から燕は外を眺める。今日はあいにくの雨だった。

雨粒が降る様《さま》をぼうっと眺めていると、ふいに、辰巳に腰を引き寄せられる。

「何かあったか？」

「ううん。何でもない」

燕は笑みを浮かべた。

「そのドレスよく似合っている」

「ありがとう」

今日の燕は辰巳が買ってくれたドレスを着ていた。モスグリーンのスキッパーネックのほうだ。

辰巳に見立ててもらったので、褒めてもらえると純粋に嬉しくなる。

燕は視線を部屋の中へ戻した。

テーブルにはさまざまな銘柄のワインが置かれており、その中の一つを辰巳が渡してくれる。

燕はワイングラスを軽く上げて乾杯した。

一口飲むと、ほどよい甘さと苦みが口の中に広がっていく。

ふいに辰巳がこちらをじっと見つめていることに気づいた。

「……どう、したの？」

「いや、少し失敗したと思って、な」

「失敗？」

「そのドレスだよ」

先ほど褒めてくれたというのに、本当は似合っていなかったのか。

高価なドレスをプレゼントされたのに、ムダにしてしまったかもしれない。

燕の心は急激に冷えていった。

けれど、彼の言葉で安堵《あんど》する。

「他の男の視線が燕に集まる」

「っ！　バカね。そんなわけないのに」

燕は信じられない思いで、目の前の辰巳を見つめた。

「君は自分の魅力をわかってなさすぎる」

「いいえ、私に魅力がないのは私が一番よく知ってるの」

お互い引かず、平行線になる。辰巳は眉間《みけん》の皺《しわ》をいつもより深くした。

「燕は――」

ふいに彼の言葉を遮《さえぎ》るように、燕の肩を誰かが叩く。

「え？」

「牧瀬さんだ」

そこにいたのは雲雀だった。

「雲雀ちゃん？」

「君は……」

燕と辰巳が同時に言葉を発する。辰巳は、目を見開いて驚いていた。

そういえば、雲雀と知り合いになったということを彼に伝えてはいない。

雲雀はいつかのように、無邪気な微笑みを辰巳に向けた。

「こんにちは、お久しぶりです」

「あぁ、久しぶり。君は……どうして」

「私、牧瀬さんにお友達になってもらったんですー」

辰巳が燕の顔を見て首を緩《ゆる》く傾げ、「そうなのか？」と聞いてくる。はたして友達と言っていいのかわからないものの否定するのは角が立つので、燕は頷いた。

「そうか……、俺が知らないところで交友関係ができてるんだな」

なぜか彼は少し寂しそうに呟《つぶや》いた。そして、友人に挨拶をしてくると言って、去ってしまう。

雲雀は、さして残念そうでもなく、手を振って辰巳を見送った。

「鳳さんって、いつも牧瀬さんのそばにいますよねー」

「そう？」

「はい、だいたい私は父か兄にエスコートしてもらうんですけど、途中で挨拶回りだとかで、どこかに行っては仕事の話をしてるんですよ。こういう場所って、仕事上の縁をつくるきっかけになりますからねー」

この独特な世界をよく知っている雲雀に指摘され、燕は改めて思い出す。

このパーティーは、ただ楽しむためだけのものではないのだと。

「だから、鳳さんっていつそういう話をしてるのか不思議で。今までほとんど顔を出さなかったし、来たら来たで、恋人にべったり。それだけ、牧瀬さんが大事ってことなんでしょうけどね」

なんと言葉を返せばいいのかわからず、彼女の言葉が棘《とげ》となって燕の心に刺さる。

「……雲雀ちゃんは今日は誰と？」

「兄とです。ワインが大好きなんで、今はあっちで試飲してます。あ、呼んでる。それじゃあ、牧瀬さんまた」

「うん。またね」

燕は彼女を見送った。

なんだか今日の天気と一緒で気持ちがどんよりとしてきてしまう。燕は窓際へ寄り、雨の降る外を眺める。

ぼんやりしていると、辰巳が戻ってきた。

「もういいの？」

燕は視線を辰巳の友人たちへ向ける。

「あぁ、あいつらとはいつでも話ができるしな」

辰巳はそう言うが、いつでも話ができるのは燕とのほうだ。平日はほぼ毎日、一緒にいる。

「いいのに、私のことなんて放っておいて」

「そんなわけにはいかない。……急にどうしたんだ？」

「私にばかりかまけてたら仕事にならないでしょう」

もやもやした気持ちのまま、燕は飲み干したグラスを机の上に置いた。

このままでは彼にひどいことを言ってしまいそうで、逃げるように会場を出る。

「燕、本当にどうしたんだ」

「トイレっ！」

当たり前のように追いかけてきた辰巳に、子どもみたいな言い訳を吐きだした。辰巳は面食らったようで、目を瞬《またた》かせている。

「……だから、あっちで、待ってて」

燕は会場を指さした。辰巳が心配そうにこちらを見ているが、今の彼女に余裕はない。

自分はもっと物事を冷静に見られるタイプだと思っていたのに。

秘書の仮面が少しでも外れると、こんなにも脆《もろ》い。

（だから、私は恋なんてしない……）

化粧室にかけ込み、冷たい水に手を浸けた。

どんなに手を洗っても、心は晴れないまま、仕方なくふらふらと廊下に出る。

ぼうっとしていたからか、若い男性とぶつかってしまった。

「すみません」

一言告げて歩きだそうとしたが、なぜだかその人が目の前を塞《ふさ》いでいる。

「……あの？」

「君もワインを飲みに？　お気に入りはできた？」

無視をして横を通り過ぎようとしているのに、彼はしつこく追ってくる。だんだんと苛立ってきていた燕は、パンプスの踵《かかと》をカツンと鳴らして立ち止まった。

「私、連れがいるんで失礼します。あと、お気に入りを教える義理はありません」

「つれないなぁ。あ、ちなみに俺のおすすめは――」

男性はわざとらしいため息をついた。まったくめげていないし、顔がにやついている。

燕は余計イライラとしてきた。

どうしようか悩んでいると、男性の後ろから異様な雰囲気を感じる。

「何をしてるんだ」

「えー？　何って、女の子とおしゃ……」

眉間《みけん》に皺《しわ》を寄せた辰巳が仁王立ちしていた。普段よりさらにワントーンは低い声に、燕も身震いしてしまう。

「あーっと、そうだ。トイレ行こうと思ってたんだ」

男性がそそくさと横を通り過ぎていき、燕は安堵《あんど》で息を吐きだした。

「……ありがとう」

「いや、いい。おいで」

辰巳が燕に手を差しだす。その手を掴んでもいいのだろうかと燕は一瞬躊躇《ためら》ったが、結局その手を取る。そして彼の手をじっと見つめた。

「……あなたはいつも私のそばにいる」

「それがどうした？」

「あなたの役に立つために、烏滸《おこ》がましくもあなたの横に立つことを決めたのに、私があなたの邪魔をしている」

「燕？」

燕の言葉に、辰巳が心底意味がわからないと言わんばかりの声を出した。

燕は相変わらず辰巳の大きく骨ばった手を見つめる。彼の顔を見る勇気はない。

「パートナーとしてパーティーに参加するようになってから、秘書のときよりも人から見られるようになった。仕事ではどんなときでも平気で冷静でいられるのに、素の私は怖がってしまう。それを鳳さんがそばで守ってくれている。私が守らなきゃいけないのに……」

秘書としてパーティーに参加していたときも、セクハラまがいの嫌な思いをしたことはある。ただ、そのときは毅然《きぜん》と自分で対処してきた。

けれど、今はそれができない。辰巳の恋人としてどう振る舞っていいか迷っているのを言い訳に、守られるままになっている。

「私のことなんて放っておいて、自分の顔繋ぎを優先してくれていいのに。それが少し……腹立たしいの」

「腹立たしいのか」

「そうだよ。私のせいで行動が制限されてる。これじゃあパートナーをしている意味がないじゃない」

苛立ちで口調が強くなった。

「何に一番腹が立つって、自分にだよ。もっとうまくあしらえるはずなのに……」

燕は辰巳の手を離し、両手で顔を覆《おお》った。

泣きたくはない。こんなところで泣いたら変な噂が立つ。それに、頼られ慣れているはずの自分がすることではない。

顔を覆《おお》っていた手に、辰巳の手がそっと触れた。ごつごつとした男性の手。

「燕、それは君のせいではない。俺が勝手にしていたことだ。心配だから、俺がそばにいたいんだ」

こちらを覗き込むようにしながら、子どもに言って聞かせるみたいに話される。

辰巳にこんなことを言わせる自分が、本当に嫌で仕方がない。

「君はいつも頑張りすぎるからな。苦しいときも表情に出さない」

「鳳さんだって、そうじゃないですか」

「……確かに、俺は感情を表に出すのが苦手だな。でも、だからこそ心配になるんだ。燕が無理してるんじゃないかって。俺は君の恋人だから、頼れ」

恋人のふりであって本当の恋人ではない。

そう思うものの、なぜか喉が震えて言葉が出せない。

こんなコンプレックスの塊《かたまり》のような人間に優しくしないでほしかった。優しくされれば心を預けたくなるから。

いつか終わる関係に心を砕くなんて苦しいことは、したくない。

「心配してくれるのは嬉しいが、一応何年もこの世界で生きてきたんだ。充分、仕事もしているから安心しろ」

辰巳にそっと抱き寄せられる。それに抗《あらが》うことができず、燕は彼の心音に耳を傾けながら小さく頷く。

「もう帰るか？」

けれど、気遣うように告げられた言葉には、首を横に振った。これ以上彼を煩《わずら》わせたくはない。

「大丈夫。まだ、飲めるよ」

「……そうか、わかった」

彼にエスコートされながら会場へ戻る。

その後、なぜだか辰巳は終始どこか上機嫌な様子で、いろいろなワインを何杯も試していた。飲みすぎだと止めても、「気分がいいんだ」と口角を上げる。燕は止めるに止められなくなってしまった。どうにも、めったに見せない彼の笑顔には弱い。

結局、パーティーが終わるころには、辰巳は会場の外にあるソファーに項垂《うなだ》れるようにして座るほど、酔っぱらった。

「悪い」

「いいよ。これぐらい」

水を手渡すと、彼は一気にそれを飲み干し深くソファーに座り直し、目を瞑《つむ》ってしまう。

泥酔《でいすい》というほどではないが、気分はあまりよくないようだ。

この後どうしようかと燕が悩んでいると、今回のワインパーティーの主催者だという辰巳の友達が出てくる。

「うっわ、珍しいな。こいつがこんなに酔ってるなんて」

「昔からあまり酔わないほうだったんですか?」

「そっ、俺らが意識飛ばすぐらい飲んでも、こいつだけはしれっとしてんだよ。まあ、でも近くのホテルを押さえてるから、使う?」

「いいんですか?」

「今日は土曜日で、ワインだろ？　辰巳みたいに酔っ払って帰れなくなる奴がいると踏んで、何部屋か取ってるんだ」

辰巳の友達が近づいてきて、辰巳の肩を叩く。

「おい、聞こえてたか？　無理しないでホテル行けよ？」

「ん、……わかった。すまん」

辰巳は目を瞑《つむ》ったまま、小さな声で答えた。それを確認して友達は去っていく。

彼の言葉に甘えて、燕は辰巳をそのホテルに連れていくことにした。

辰巳は一人で行けると言ったが、ときどき意識がとんでいるようなので心配だったのだ。自分が少しでも彼の役に立っていると思いたい。

幸い雨は小雨になっていて、傘を差さなくても問題なかった。

ホテルのロビーでカードキーを受け取り、指定された部屋の中に入る。

ベッドを見ると、なぜかダブルベッドだ。

辰巳の友人が気を利かせたのかもしれないが、余計なことをする。

燕は努めて無表情を保ったまま、辰巳をベッドに寝かせ、自分も椅子に座って休憩を取った。

「……はぁ」

深く息を吐きだして、五分ほどしてから立ち上がる。

「鳳さん。私そろそろ帰るけど、大丈夫?」

「か……るな……」

「かるな?　何それ」

よく聞こうと辰巳に近づいた燕は、突然、ぐっと引っ張られ、その腕に抱き込まれた。

「ちょ、鳳さんっ!」

「帰るな」

「え、でも……」

「頼む。そばにいてくれ」

強く抱きしめられ、動くことができない。

普段弱さを見せない辰巳の甘えるような懇願《こんがん》に心がひどく揺れる。

彼は酒に酔って心細くなっているのかもしれない。

「……わかりました。一緒にいますから、顔は洗わせて。それに、鳳さんから貰ったドレスに皺《しわ》つけたくないから、着替えないと」

「んー……」

燕は、ぽんぽんと辰巳の背中を叩きながら諭《さと》した。すると、抱きしめる腕の力が弱まる。燕はそっと彼の腕から抜けだす。

「コンビニに買い物行ってくるから、その間に着替えて掛け布団被って寝ててね!」

返事なのかどうかわからない唸《うな》り声を聞いてから、カードキーを手にコンビニへ向かう。

コンビニで化粧落としなどを購入し部屋へ戻ると、燕の言葉通りに着替えてベッドに寝ている辰巳が見えた。

「子どもみたい」

その姿に少し笑ってしまう。

燕はルームウェアに着替えた。自分は椅子で寝ようと決め、その前に彼の様子を見ようと近づく。

すると、辰巳はまだ起きていたのか、手が伸びてきた。その腕に捕らわれた燕はベッドの中に引きずり込まれる。

「温かいな」

辰巳は笑ったようで、その息がうなじにかかった。

「燕」

「はい？」

名前を呼ばれ思わず顔を向けると、唇に柔らかいものが触れる。

それが辰巳の形のいい唇だと気づくのに数秒だけかかった。

「んっ……」

数度唇が触れ合い、熱い舌が燕のそれを舐《な》める。

辰巳は酔っている。

燕はそう確信したが、それならばいいかと流された。

彼が覚えていても覚えていなくてもどちらでも構わない。けれどこの肌に触れる熱を手放すのは難しい。

たった一回の口付けで、燕の身体は熱くなっていく。

ゆっくりと燕が口を開くと、彼の舌が侵入してきた。舌先を何度も出し入れされ、生々しい音が部屋に響く。

辰巳が燕を強く引き寄せ、さらに深く舌を入れてきた。燕は彼の背中に手を添えながら、熱い口付けに溺《おぼ》れる。

ちゅ、ちゅ、と音を立てながら、さまざまなキスを交わす。

息を乱しながら、彼の顔を見つめた。辰巳の目は熱に浮かされたみたいにとろんとしている。

自分が偽の恋人でしかないことはわかっている。ふりだということも辰巳にふさわしくないということも。それでも嫌悪感など湧くわけがない。こんなにも気持ちいいことを嫌だなどと思えない。

辰巳の首に両腕を絡《から》ませて、口付けを強請《ねだ》った。応えるように辰巳は燕の鼻やこめかみに唇を落とす。

彼の手がルームウェアの中へ入り、燕の素肌に触れた。ちらっと、燕の頭の中に傷のことが過《よぎ》るが、甘い感触に我を忘れていく。

——自分も酔っているのだ。

燕は心の中で言い訳した。

捲《まく》り上げられたルームウェアから、胸がさらされる。身体の側面を撫《な》でていた掌《てのひら》が、そっと胸を這《は》った。そして、辰巳が燕の胸を柔らかく揉む。

「あ、ん」

強い刺激ではない緩《ゆる》やかなものなのに、身体が敏感に反応してしまう。

ところが軽く緊張しながら次の刺激を待っていると、辰巳はまったく動かなくなってしまった。

「……ん？」

どうしたのだろうかと彼に視線を向ける。

辰巳は手を燕の胸に添えたまま、身体をベッドに沈ませていた。そこから規則正しい寝息が聞こえてくる。

「嘘でしょぉ……」

人に火をつけておいて眠るなんてひどい人だ。

けれど、やっぱり自分は辰巳に女性として見られていないのだと、どこか納得し安堵《あんど》もしている。

燕は彼の手を胸の上からどけて、自分の服を整えた。今さらベッドを出ていくのもバカらしく、身体をごろんと反対方向へ向ける。

ずりずりと辰巳と距離をとると、なぜか彼も同じように近づいてきた。無意識らしいのに燕の身体を後ろから抱き込む。そして、燕の頭にぐりぐりと顔を擦《こす》り付けて満足そうに息を吐きだした。

本当に眠っているのか疑問だが、起きていたらさすがに途中で放置はしないだろう。

燕はため息をついて、その状態を受け入れた。

完璧に振り回されている。

目を瞑《つむ》ると、疲労のせいか簡単に意識が遠のいていった。


翌日。目が覚めると、辰巳の姿はなかった。

彼がいたはずの場所に触れると、すでにシーツが冷たくなっている。

燕はベッドに座りながらスマホに手を伸ばした。辰巳からの連絡はないか確認するが、特にないようだ。

せめて書き置きぐらいしておいてほしかったのだが、何か急用でもできたのだろうか。

いくらなんでもひどい扱いだと、彼らしくない行動に疑問を持ちながらユニットバスでシャワーを浴びる。

けれど、ユニットバスを出ると、辰巳がそこに立っていた。燕は目を瞬《またた》かせる。

「……おかえり？」

「ただいま？」

お互いなぜか疑問形だ。

辰巳の手にはコンビニの袋があった。どうやら彼は、帰ったわけではなく買い物に行っていたようだ。

「おにぎりとスープ。食べるだろ？」

相変らずの仏頂面《ぶっちょうづら》で尋ねられ、思わず笑いが零《こぼ》れる。

「ありがとう。お腹が空いちゃった」

二人はおにぎりとスープでお腹を満たす。人心地つくと、辰巳が勢いよく頭を下げた。

「すまん！」

「何に対しての謝罪なの？」

「酔っ払ったあげくに燕をホテルに連れ込んだ」

「なんか語弊がある」

「いや、俺が悪い。本当にすまん」

「昨日のことは覚えてる？」

そう聞くと、辰巳は黙り込む。

「覚えていないわけでは……ない」

「じゃあ、何？」

「記憶が薄い……だけ、だ」

どうやらホテルについた辺りから、朧《おぼろ》げにしか覚えていないらしい。

細かく説明するほど燕は大人ではなかったので、この話はここまでにして、ホテルを後にした。

「鳳さん」

「ん？」

少し前を歩いていた彼の名前を呼ぶと、辰巳が振り返る。

燕に向かって優しく笑いかけた。

この柔らかい笑顔は、今の関係になって得たものだ。だから、きっとそれでいい。

「……なんでもない」

燕も辰巳に笑いかけた。

「変な奴だな」

「鳳さんに変な奴って言われたくない」

燕の悪態にも辰巳は怒ることはせず、ただ楽しそうにするだけだ。
彼の心はいったいどこにあるのだろう。
ただただ罪な人だ、と燕は思った。
あんなふうに甘えられ、優しくされて、自分だけに笑顔を見せられて――
燕の心は辰巳に支配され、感情が膨れあがる。
彼にとっては、お芝居だというのに。
名前で呼ぶのも、抱きしめるのも、愛おしそうに見つめるのも。
苦しくて、嬉しくて、悲しい。
燕は人通りの少ない朝の街を見つめながら、虚《むな》しくなっていた。
黙り込む燕に、辰巳が話しかける。
「燕、帰ろう」
「うん」
彼は当たり前のように燕の手をとった。自然に指を絡《から》め合う。
重なった掌《てのひら》は温かいのに、指先だけが冷たいままだ。
――この瞬間、燕は、泣きたくなるほど辰巳が好きなのだと悟《さと》った。
日々は過ぎていき、気づけば夏中盤となっていた。

辰巳とホテルに泊まった日から、一週間が経っている。

気づきたくなかった感情を突きつけられてからまだ一週間だ。

燕は、今までどうして平気だったのかわからないほどに、辰巳の視線や行動を気にしていた。

彼が外出中は寂しく、会えたら会えたで少し冷たく接してしまう。

うまく感情がコントロールできない。ネットで【恋愛感情、コントロール、大人】と検索したい気分だ。

秘書という仮面を必死に被り、ひたすら仕事をこなした。

今日もやっとランチの時間になり、燕は自動販売機に向かう。何を飲もうか悩んでいると、甘い声が聞こえた。

「燕」

辰巳が燕を呼ぶ。

彼はただ名前を呼んだだけで、その声が本当は甘くないと知っている。それがわかっているのに、甘く聞こえるのはもはや病気だ。

「……鳳さん。職場では苗字でお願いします」

「今は休憩中だろ」

辰巳は燕の顔に手を伸ばし、自分に向けさせた。そして、指で頬を撫《な》でる。

「寝てるか？　体調悪そうに見えるが」

「……っ、大丈夫、です」

「顔も赤くなってるし」

あなたのせいだとは声に出せなかった。

触れられる場所にじわじわと熱が溜まり、発火しそうになる。

目を閉じてその熱に身体を委《ゆだ》ねようとする欲望と燕が闘っていると、カシャッとスマホのカメラの音がした。

「ちょ、森田さんっ！」

視線をやると、森田と加里がいる。

「あちゃー！　サイレントってできないの？」

「アプリ入れなきゃ駄目ですよ！」

燕はすっと無表情になり、二人へ近づいていく。

「何をしているんですか二人共」

「あ……っと、えへへ」

「可愛く笑っても駄目！」

誤魔化すように笑う加里と視線を逸《そ》らす森田を、仁王立ちでにらみつける。

辰巳に加勢してもらおうと振り返ると、彼は口を開いた。

「森田さん、それ後で送っておいてください」

「鳳さん！」

「任せといて！」

森田が親指を立てる。燕は消してほしいという願いを口にできなくなってしまった。

森田と加里をどうにか追い払うことにだけ、成功する。

ため息をついていると、辰巳に「今日夕飯食べに行かないか？」と誘われた。

頷きそうになった燕は、思いとどまり、首を横に振って「また今度」と伝える。

とにかく、辰巳と距離をとりたかった。そして、冷静な自分に戻りたい。

仕事を終えて真っ直ぐマンションに帰り、ベッドを背に膝を抱えるようにして座る。

そして、あの直後に森田から送られてきた写真を見た。これが送られてきてから、暇さえあれば見ている。

自分がこんなにも無防備な顔で辰巳の前にいたなんて、恥ずかしさのあまり叫びだしそうだ。

彼を好きだという感情は風船のように膨れ上がり、今では破裂してしまいそうなほどになっている。どうやって空気を抜けばいいのかわからない。

「……はぁ」

深い息を吐いた。

自分はいったい何に対して悩んでいるのだろうか。彼を好きになったことで悩む必要はほとんどないのに。

「――あぁ、そうか。私は鳳さんに好きになってもらいたいんだ……」

単純なことだ。

辰巳が好きだから、彼にも自分を好きになってもらいたい。

けれど、彼が燕に望むのは偽者の恋人だ。

燕の気持ちは迷惑に違いない。

ふいに手にしていたスマホが震える。辰巳からのメールだ。【今日体調が悪そうだったが、大丈夫か？】と書かれている。

この優しさが辛い。もっとこれは芝居なんだとわかるように振る舞ってくれればよかったのに。そうすれば燕だって、ずっとそばにいたいなんて思いはしなかった。

これ以上は無理だ。

燕はスマホをベッドの上に投げ捨てた。

それから一週間。燕は今の自分の気持ちを考えて、考えて、考えた。

このままでいいはずがない。それに、いつかはこの歪《いびつ》な関係が壊れるのはわかっていたことだ。

さんざん悩んだ結果、燕は休日の昼間に辰巳を呼びだした。

燕からの珍しい誘いに彼は嬉しそうに現れる。

その顔が素なのか演技なのか。そんなことを考えてしまう自分に、燕は呆れた。

会社から三駅ほど離れた隠れ家のようなお店に誘《いざな》う。

ここは以前、加里に教えてもらった美味しいパスタのお店だ。このパスタを彼に食べてもらいたかった。

「ここのパスタ美味しいの」

「そうか、楽しみだ」

けれど、これから辰巳に告げることを考え続けている燕には、パスタの味はしなかった。

食事を終え、コーヒーを飲みながら言葉を紡ぐ。

「鳳さん。私、一緒にパーティーに行くのも、ドレスや小物を買ってもらって、オシャレをするのもとても楽しかった」

「……燕?」

「楽しかったけど、苦しくなっちゃった。ごめんなさい、これ以上、私には続けられません」

膝の上で両手をぎゅっと握りしめながら、頭を下げる。

どうにか声が震えないように抑えたものの、語尾が少しだけ震えてしまった。その「少し」に彼が気がつかないよう願うばかりだ。

辰巳はしばらく黙っていたが、やがて小さく息を吐きだす。

「わかった。今までありがとう」

それだけを言うと、伝票を持って店を出ていった。

燕はそれを黙って見送り、ゆらゆらと揺れるコーヒーをぼんやりと眺める。

すると、小さく波紋ができた。

涙が零《こぼ》れ落ちたのだと気づき、鼻をずびっと啜《すす》った燕は、残っていたコーヒーを一気に飲み干す。

「これでよかったんだ」

自分に何度も言い聞かせた。

第三章　逢《あ》い戻《もど》りは鴨《かも》の味

翌日の月曜日。燕は風邪を引いてしまった。

身体は弱くないほうなのだが、精神的なものには案外弱いらしい。

申し訳ない気持ちで会社に病欠を伝え、ベッドに潜《もぐ》り込《こ》む。

気持ちは鬱々《うつうつ》とするばかり。風邪を引いているせいか、気持ちがいつも以上に後ろ向きになる。

本当は少しだけ期待をしていた。

燕が断っても辰巳が引き留めてくれるのではないか、なんて……

——でも、彼は何も言わなかった。

燕に想いがなかった以上に、役にも立てていなかったんだと思い知る。

もしかしたら、辰巳はあえて口にしなかっただけで、燕の言動が気に入らなかったのかもしれない。隣に連れて歩くのなら背の小さい可愛らしい子のほうがいいと気がついたという可能性もある。

彼はそんな人ではないとわかっていながらも、燕の思考は堂々巡りする。

そんなふうにぼんやりしたまま昼ごろまで眠り、喉が渇いて目を覚ました。

燕はベッドの近くにおいてあるペットボトルに手を伸ばす。蓋《ふた》を開けた瞬間、手からペットボトルが滑り落ち、カーペットに水たまりができた。

「最悪だ……」

朦朧《もうろう》としつつもなんとか立ち上がり、タオルを被せているところに、インターホンが鳴る。

こんなときにいったい誰が来たというのか。

燕は無視したが、インターホンは何度も鳴った。

八つ当たりをするようにタオルを床に投げつける。仕方なく出ると、よく知る声が聞こえてきた。

『燕？』

「……鳳さん」

『少しだけいいか？　いろいろ買ってきたんだ』

わざわざここまでやってきた辰巳に、帰れとは言えない。ただでさえ、役に立てなかったという後ろめたさがあるのだ。

燕はエントランスを開けるボタンを押し、彼を招き入れた。

彼を待つ間、ふと気づく。

「……ドレス」

辰巳から貰った綺麗なドレス。あれは返すべきだろう。

けれど、彼にとっては不要なもので、捨てられてしまうかもと思うと、どうしても返す決心がつかない。

どうしようかとインターホンの前でぼんやりとしているところに、もう一度インターホンが鳴る。

玄関の扉を少しだけ開けると、辰巳が両手に袋を持って立っていた。

「大丈夫か？」

「……一応は」

「入っても平気か？」

「片付けてないですけど」

ドアをもう少し開けながら一歩引いて、辰巳を招き入れる。

彼はテーブルに買ってきたものを広げた。スポーツ飲料水とゼリー、それにレトルトのおかゆだ。

「ありがとうございます」

「いや、……薬は呑んだのか？　病院には？」

「病院には行ってません。薬は市販のものを呑んでます」

「それで大丈夫なのか？　体調はどうなんだ」

「寝たので、少しすっきりしてます」

「そうか……、いや、すまん。無理はさせるべきじゃないな」

辰巳は首を振って、ベッドに向かって燕の背中を押した。そこで燕が零《こぼ》した水のあとに気づく。

「零《こぼ》したのか。俺が片付けるから、寝ててくれ」

「あの、そんなことをさせるわけには……」

「いいから」

辰巳はジャケットを脱ぎ、被せてあったタオルで燕が零《こぼ》した水を拭き始める。燕はベッドの上に座り、それをただ眺めていた。

彼はさっさと水たまりを始末するとベッドに近づき、燕の頬を優しく撫《な》でた。

「無理、するな」

目を細め、大事なものでも見るかのように微笑む。

燕はどうしようもない気持ちになった。

ぐるぐると渦を巻いた苦しみが爆発する。

「なん、でっ！」

「燕？」

「なんで来るんですかっ⁉」

「なんで……って……」

燕の言葉に辰巳が動揺する。

「もうやめてください。優しくしないで、そばに来ないで！　役に立たない私は、もう用済みじゃない。こんな、こんなっ、まるで私を大切なように扱わないで！　勘違いさせないで！」

取り乱し叫んだ。

泣かないように我慢すれば我慢するほど、声が掠《かす》れる。

顔を覆《おお》っていても辰巳の手が近づいてくるのがわかり、燕は逃げるように後ずさりした。

触らないでほしい。

触れられたら、抱きしめてもらいたくなって、その背に縋《すが》りたくなるから。

けれど、狭いベッドの上ではすぐに追い詰められる。抵抗も虚《むな》しく両腕を捕まえられてしまった。

必死に振りほどこうともがいたものの、男性の力に敵《かな》うわけもなく、そのまま抱きしめられる。内臓が圧迫され苦しいぐらいに強い力で抱き込まれた。

「いいんだ。勘違いしてくれていい」

「なん、で」

「悩ませて、苦しませてすまなかった」

なぜ辰巳が謝るのか。謝るのは燕のほうだ。

偽の関係に恋愛感情を持ち込んでしまい、迷惑をかけた。あげくのはてに彼に八つ当たりまでしている。

「なんで謝るの？　私が、私が勝手に悩んで苦しんだだけで、鳳さんが悪いんじゃない」

「違う！　俺が最初から燕にちゃんと気持ちを伝えておけばよかったんだ。そうすればこんなふうに君が泣かずに済んだ」

燕の頬が辰巳の大きな掌《てのひら》で包まれる。そして涙の痕《あと》を舐《な》められた。労《いたわ》るように目尻に口付けが落とされる。

「燕……」

辰巳が燕の頬を撫《な》で、その柔らかい唇は燕の唇に重なった。優しく穏《おだ》やかな口付けを数度繰り返してから、彼が息を呑む。そして、燕の顔を上に向けさせ、荒々しく唇を塞《ふさ》いだ。

嵐のように激しい。

「んんっ」

「……は、ん」

少し離れて、また塞《ふさ》がれる。

辰巳の舌が燕の唇を舐《な》め、微《かす》かに開いた口内へ侵入する。ぬるぬるとした熱くて厚い塊《かたまり》が燕の口内を執拗《しつよう》なまでに貪《むさぼ》った。

風邪で鼻が詰《つ》まっていた燕は酸欠になりかけて、辰巳を必死に叩く。

けれどそんな小さな抗議は無視され、口付けは激しさを増した。

舌が絡《から》まり合い、唾液が口の端から零《こぼ》れる。

「お、お……とり、さんっ、ん、くるっ、んぁ」

「はぁ、ん、ん、燕……」

やっと唇が離れた。

燕は足りなくなった酸素を一気に吸い込み、その反動でむせる。

「けほっ、げほげほっ」

「……っ、大丈夫か⁉」

心配をするのなら、最初から手加減してほしい。

「鼻、詰《つ》まってるからっ」

「すまん。息ができなかったのか」

なんとか正常な呼吸まで戻すと、辰巳をにらむ。彼は一旦視線を逸《そ》らし、もう一度燕を見た。そして、今度は鼻と頬、瞼《まぶた》に優しく口付けを降らせる。

燕は身体の力を抜いて、今度は彼の唇を大人しく受け入れた。

直後、辰巳は再び唇に口付け、息をはく。

「……もう、我慢しなくてもいいと思ったら暴走した」

「我慢？」

「ああ。当たり前だろ。好きな女が自分のすぐ隣にいるのに、手を出したら駄目だと言い聞かせていたんだ。ずっと君の素肌に触れたいと思ってたのに」

一瞬、聞き間違いかと思った。

燕は目をぱちぱちと瞬《また》かせ、辰巳の言葉に驚く。けれど彼の瞳はどこまでも真剣だ。

「……そんなこと思ってたの⁉」

「男だからな。ゆっくりでいいから俺に堕ちてこいと願ってた。俺が早く言わなかったせいで、泣かせたな。悪かった」

燕は首を横に振る。辰巳の胸に頭をぽすんと預け息を吸い込んだ。

いつもそばに感じていた彼の匂いをいっぱいに吸う。喜びで胸が跳ねるのに、不思議と落ち着く。

この匂いがとても好きだ。

そうして彼にもたれてしばらくしたころ、ふいに辰巳がため息をついた。

「くそ、まだ仕事中なのが悔やまれる」

「あ、そうだっ！……休憩時間なんてとっくに終わってるよね」

燕も一気に慌てる。

「そうだな。さっさと戻って仕事を片付けてくる。続きはそれからだ。終わったら連絡を入れるから、それまで安静にしておけ」

それだけ言い残し、ばたばたと辰巳は出ていってしまった。

残された燕は茫然《ぼうぜん》とする。

先ほどの熱はどこかにいってしまったが、鼻水はいまだに詰《つ》まっていて苦しい。

「……ジャケット忘れていってるし」

掃除をするために脱いだ辰巳のジャケットは、そのままそこに置いてあった。

燕はジャケットを手にとって抱きしめる。そして辰巳が買ってきたスポーツ飲料水を飲み、薬を呑んだ後、もう一度眠りについた。


枕元に置いてあるスマホがブーブーと鳴っているのに気がついて、燕は目を覚ました。

手探りでスマホを探し当て耳に当てる。

『寝てたか？』

辰巳の声がした。

「ん、寝てた……」

『仕事が終わったんだが、今から行ってもいいか？』

「うん。……待ってる」

眠気のせいで適当に会話を済ませ、再び眠る。しばらくして、インターホンの音に起こされた燕は、再び辰巳を部屋に招きいれた。

「おかえ……り？」

「……ただいま」

いらっしゃいのほうがよかったのではと思ったが、ただいまと返してくれて嫌な気持ちはしない。

訂正はしないままコーヒーをいれて辰巳に出した。

「ジャケット、忘れていったからかけてあるよ」

ジャケットを指すと、辰巳は「ありがとう」と答える。昼間の勢いはどこへ消えたのか、彼はどこか緊張しているように見えた。

「話を、聞いてくれるか?」

切りだされた話に、燕はこくんと一つ頷く。

「……実は燕が入社した当初から君のことが気になってたんだ。ただ、燕は俺のことに興味がなさそうだった上、散々、アプローチをしてみてもかわされた……」

「……アプローチ……ですか?」

「そうだ。食事に誘ったり、映画に誘ったりしただろう」

辰巳の言葉を聞いて、燕は当時を振り返る。

入社してしばらくは、頻繁に辰巳に誘われた。新入社員の自分が早く会社になじめるようフォローしてくれているんだと感じた燕は、常に他の人にも声をかけ人を集めたものだ。

まさかあれが、アプローチだったとは、つゆほども気づいていなかった。

「あの……、ご、ごめんなさい」

「いや、いいんだ。問題なのは、それでも諦めきれなかった俺だからな。それで、次々にお見合いをセッティングされて煩《わずら》わしかった俺は、つい燕の顔を思い浮かべてしまった。ふりだけでも恋人になりたい。うまくいけば、君が俺を男として意識してくれるんじゃないかと思ったんだ」

ただ、森田に見られたことは誤算だったらしい。辰巳はこんな大ごとにするつもりはなかったようだ。

「昨日、燕に謝罪されたときは、頭の中が真っ白になったよ。……とうとう振られたんだ、って」

「振ってない……」

「そうだな、俺は告白すらしてなかったからな。……今日、君の家を訪ねてよかった。君の本音を聞けたから」

辰巳は、昨日振ったばかりの男が来たら嫌がられるだろうと、迷っていたという。けれど森田が「一人暮らしだと、意識不明で倒れててもわかんないから怖いよねー」などと言うので、不安を抑えられなかったそうだ。

彼が来てくれてよかった。あのとき、感情を爆発させてよかった。

そばにやってきた辰巳に抱きしめられ、燕もその背に腕を回す。

互いの鼓動の音を、息遣いを知り、空気が濃密になっていく。

ふいに辰巳に腕を取られ、ベッドの縁へ誘導された。膝を触れ合わせて座り、両手を絡《から》ませながら唇を啄《ついば》み合う。

「ん、おおと、り、さんっ、ずるいっ」

「何が、ずるいんだ」

「ちゃんと、言って」

辰巳が首を傾げた。何を言えばいいのかを理解していないようだ。

そうだ、この人はこういう人だった。不器用で言葉が足りない。言ってほしい言葉があるのなら、口にして伝えなければ。

自分たちがこれから一緒に歩んでいくためにも、それは必要なことだ。

燕はきちんと、辰巳と目を合わせる。

「私はあなたの気持ちを言葉で欲しい」

「……そういう、ことか」

辰巳は照れているのか頭をがしがしと掻《か》いてから、燕を抱きしめ直す。そして耳元で囁《ささや》いた。

「燕、君のことが好きだ。俺と一緒にいてほしい」

「はい。私も鳳さんのことが好き」

燕は辰巳の肩に頬を擦《こす》り付けながら同じように言葉を伝えた。

すると、辰巳に押し倒される。ベッドがぼすんと鳴った。

目の前には余裕のない彼の顔。

辰巳がネクタイを外し、キスを降らせる。

けれど彼に部屋着を脱がされそうになった瞬間、燕の頭に大学生のときの出来事がフラッシュバックした。

「ま、待って！」

「どうした？」

辰巳は不思議そうな顔をする。

「電気っ、電気消して！」

「俺は明るいほうがいいんだが」

「私が……嫌なの、恥ずかしいし……お願い」

渾身《こんしん》の上目遣いで、燕は電気を消してもらえるように懇願《こんがん》する。

それが利いたのかわからないが、辰巳は一度立ち上がり部屋の電気を全て消した。

そのことに心の底から燕はホッとする。

大学生のときに子どもを庇《かば》って怪我をした。その怪我はいまだに燕の身体に残ったままだ。

そのこと自体は問題ないことだが、当時付き合っていた恋人は、怪我をした燕を心配しつつも、傷を見て『うっわ、思ったよりひでぇな、色変わってんじゃん。気持ち悪っ、萎《な》えるわー』と言ったのだ。

一瞬燕の頭は停止し、彼の言葉を受け入れきれなくなった。彼は傷に動揺したのだと謝罪してくれたが、結局その後すぐに別れた。

それがトラウマになったのか、燕はどうしてもこの傷を辰巳に見られたくないと思った。

辰巳がそんなことを気にする人間ではないと信じているし、たとえ怪我を見て眉間《みけん》に皺《しわ》を寄せたとしてもひどい言葉を投げつけたりはしないとわかっている。

それでも、見られたくはないという気持ちが上回った。

見られずに済むなら、そのはうがいい。

気持ちが溢《あふ》れるほど好きになった人に傷つけられ、彼の腕の中にいる幸せが消えてしまうのは嫌だ。

真っ暗な世界でほぅっと息をつく。

感じる辰巳の息遣いと体温。

再び彼の手が燕の部屋着の裾から侵入してきて、そっと側面を撫《な》でてから胸へ進んだ。

「下着、つけてないんだな」

「だって苦しいし……、寝てるだけだったから」

「嬉しい限りだ」

辰巳は燕に何度も口付け、胸をくにくにと優しく揉む。

その刺激に煽《あお》られて、頂《いただき》がだんだんと硬く尖《とが》りだした。そこを辰巳の指と指の間で挟まれて擦《こす》られると、燕の口から甘い息が漏《も》れる。

ふいに唇を塞《ふさ》がれ、その息を全て奪われた。

胸の下の部分はすでに外気に触れている。いっそのことさっさと脱がしてもらいたいのだが、どうやら辰巳はゆっくり脱がすのを楽しんでいるようだ。

「柔らかいな」

「脂肪だから……」

「……俺はこの柔らかさがたまらないと思っているからな。ずっと揉んでいたい」

「胸フェチ……」

決して大きいわけでもない胸を気に入ってもらえたのなら嬉しい。がっかりさせなかったことに、燕は安堵《あんど》した。

ついに部屋着を捲《まく》り上げられ、胸全体が彼の前にさらされる。辰巳がぺろりと胸の頂《いただき》を舐《な》めた。

「ひぁっ」

「俺の愛撫に反応を示してくれるの、いいな」

辰巳は嬉しそうにそう言うと、中途半端に着たままだったシャツを脱ぎ捨てた。そしてもう一度燕に覆《おお》い被さる。

片方の胸を揉みながらもう片方の胸に口付けをし、乳輪を円を描くように舐《な》めた。口の中に含み舌で飴《あめ》のように転がす。そして、ときおり、ちゅうっと吸う。

「ん、あ、んんっ」

胸の谷間にも口付けされ、胸を交互に舌で愛撫される。

何度も胸の頂《いただき》を擦られ吸われるうちに、燕の下腹部はきゅんとして、愛液を零《こぼ》した。

胸だけでこんなにも気持ちがよくなるのは、初めてだ。

そんな身体の反応に燕は戸惑《とまど》う。

無意識に辰巳の頭を撫《な》でて、その髪の毛を握った。

濃密な時間を甘受しながら太腿をすり合わせていると、ふいに彼の頭が離れる。

自分がお願いしたことなのに、真っ暗で彼の姿が見えないことを、燕は残念に思った。

辰巳が耳元で囁《ささや》く。

「万歳して」

「なんだか子どもに戻ったみたい」

両腕を上にあげると、部屋着をずぼっと脱がされる。燕は上半身裸になった。

すぐに辰巳の手が下の部屋着にもかかり、するりと脱がせる。その手つきはスマートだ。

不器用で女性との付き合いがあまりなさそうなことを言っていたが、そんなわけはないだろう。

それを少しだけ不満に思うが、過去の相手のことを考えても仕方がない。そもそも燕にだって過去に恋人はいた。

まさか、自分が恋人の過去に嫉妬《しっと》する日が来るとは思いもしていなかった。燕は、ふっと笑いを漏《も》らす。

それをどう感じたのか、すかさず辰巳が燕を抱きしめ、背中をそっと撫《な》でながら口付けをくれた。

肉厚な舌が腔内《こうない》に入り込むたびに、口の中はいっぱいになる。熱い舌が口の中のいたる部分を舐《な》め回すので、燕の息はどんどん荒くなっていった。

けれど、彼の手が腰に差し掛かると、燕は咄嗟《とっさ》にその手を止める。

「燕？」

「そ、こは……くすぐったいから」

彼の手が腰を這《は》えば、傷痕《きずあと》に触れられてしまう。

今では薄くなり、凹凸《おうとつ》も少なくなったが、触れられれば気づかれる可能性はあった。燕は恥ずかしいと思いながらも、彼の手を自身の秘処へ誘導する。

「鳳さん、触って……」

「……っ、そう、煽《あお》ってくれるなっ」

辰巳が息を吐きだして頭を振る。胸に触れる彼の髪がサラサラと揺れた。

熱い吐息に辰巳の欲情を感じ、燕は嬉しくなる。

辰巳の指は素直に下着に触れた。すでにそこはぐちゅぐちゅに濡れている。

胸への愛撫とキスだけでこんなにも濡れてしまっているのが恥ずかしい。

辰巳の指が割れ目を往復し、そのたびに燕の嬌声《きょうせい》が漏《も》れた。

「あぁ、もうこんなにも濡れてる」

「い、わないでっ」

「なんでだ？　俺の愛撫で濡れたんだから嬉しい。早くこの蜜を舐《な》めたい」

「舐《な》めっ⁉」

ふいに肩を押され、燕の身体がベッドに沈む。

辰巳が燕の両脚を掴んで広げ、しとどに濡れそぼった秘処を下着の上から舐《な》め上げた。

「あぁあ、あっ」

ぬちゅぬちゅと粘ついた音に耐えられず、燕は両腕を目元で交差させて首を横に振る。

ついに下着をずらされ、彼の舌が陰唇を掻《か》き分けて膣内へ侵入した。ぬぷぬぷと舌を出し入れしながら、同時に指でぷっくりと膨れた花芯を弄《いじ》る。

「いや、や、どっちも、んんっ、やぁっ」

「嫌なのか？　本当に？」

辰巳が秘処を舐《な》めるのをやめ、聞いてくる。

「俺は恋人の言葉の裏を取るのが得意じゃない。本当に嫌ならやめる。燕、どっちだ？」

艶《つや》やかな声で囁《ささや》く。

絶対に燕が本当は嫌がっていないとわかっている。わかっているはずなのに、わざと愛撫を中断して聞いたのだ。

やっぱりずるい人だ。

燕は、ぐちょぐちょに濡れた下着を気持ち悪いと思いながらも、もっと刺激が欲しいと願った。

それでも言葉にすることを躊躇《ためら》っていると、辰巳がベルトをガチャガチャと外しスラックスを脱いでいく。

燕は胸の上で両手を握りしめ、小さな声で呟《つぶや》いた。

「嫌、じゃない……から」

「から？」

辰巳が燕の両脚を抱え込み、下着ごしに太く熱い肉茎を擦《こす》り付けてくる。

「舐《な》めてほしい？　それとももう挿《い》れてほしい？」

燕は抗《あらが》いがたい二つの誘惑に悩む。

今までの恋人に秘処を舐《な》められたことはない。この行為がこんなにも気持ちいいものだと初めて知った。それをもっと知りたいと思うし、早く一つになって彼の肉棒で膣内を犯してほしいとも思う。

「……ど、っちも……がいい」

「仰《おお》せのままに、女王様」

辰巳はくすっと笑った。

「もう、変なふうに呼ばないで」

生まれてこのかた、あの事故の時以外で女王様などと呼ばれた覚えはない。そういった振る舞いをしたこともないのに……。どうせなら、お嬢様だとかお姫様だとか可愛らしいほうが嬉しい。

「腰を上げてくれるか？」

言われた通りに燕が腰を浮かせると、下着をするりと脱がされた。

両脚を大きく広げられ、彼の息が秘処へかかる。陰唇をべろりと舐《な》められ、花芯にちゅっと口付けされた。さらに口の中へ咥《くわ》え込まれ、舌先で花芯を舐《な》められる。

「ひぅっ、あ、あんんっ、あ、あ、んぁあ」

辰巳が燕の花芯を舌で嬲《なぶ》りながら、骨張った指をゆっくりと膣内へ挿入した。指の腹で膣壁を擦《こす》る。

そのたびに燕は腰を揺らし、我慢できずに声を漏《も》らす。

愛撫ばかりに頭の中が支配され、熱で侵《おか》された思考は、辰巳とのセックスしか考えられなくなっていく。

あまりの快楽に燕は足の先を丸める。

辰巳が花芯を舐《な》めしゃぶり、軽く歯を立てた。

燕は目の前がチカチカと光るのを感じながら、びくびくと脚を痙攣《けいれん》させて達してしまう。

「ひ、あ……う……」

言葉にならない快感に、焦点の合わない目をぼんやりと彷徨《さまよ》わせた。

秘処から顔を上げていた辰巳が、燕の口にキスをする。肩で息をする燕の頭をそっと撫《な》で髪の毛を梳《す》くと、毛の先にも口付けを落とし、身体を離した。

燕は重たい身体をごろんと動かし、横向きになる。辰巳がどこに行ったのか気になったからだ。

彼はスマホの光を頼りに鞄の中からガサガサとコンビニの袋を取りだして、小さな箱のフィルムをはがしていた。

達してしまった燕は終わったと思っていたのだが、彼にとってはこれからが本番なのだと気づく。

それだけで、愛液が溢《あふ》れそうになり、どれだけ期待しているんだと恥ずかしくなった。

「先に用意しておけばよかった」

辰巳がぼそっと呟《つぶや》く。

「もう……」

スマホのぼんやりした明かりの中、辰巳が避妊具の袋を開けて、自身の肉棒につけたのがわかる。それは臍《へそ》につきそうなほどにそそり勃《た》っていた。

燕は無意識に唾を呑み込んで彼から与えられる快楽を待つ。

すぐに辰巳が燕の脚の間に入り込み、ぐちゅぐちゅに濡れた秘処に肉棒を擦《こす》り付けた。

彼のものがぬるぬると擦《こす》り付けられるたびに、甘い刺激が燕の身体に走る。

「ん、ん……」

けれど決定的な刺激は訪れず、焦《じ》らされた燕の全身は茹《ゆ》だるような熱を持った。苦しいぐらいに熱い。

「も、早くっ」

「我慢できないのか？」

「やだ、我慢っ、したくないぃ」

目尻に涙をためながら懇願《こんがん》すると、辰巳が亀頭部分をゆっくりと膣内へ埋《うず》めてきた。

「ん、ぐっ」

「キツいな……」

彼が息を吐きだしながら肉棒をさらに奥へと進めた。

燕は久しぶりの圧迫感にはくはくと口を開閉させ、どうにか空気を肺の中へ送り込む。

熱棒が膣奥まで挿入されると、彼の動きが一旦止まった。

どうしたのかと、燕は彼の顔を見る。

「どう、したの？」

「いや、嬉しくて。好きな女を抱けるなんて幸せ以外のなんでもないだろ」

その言葉に、燕の目からぽろりと涙が一滴零《こぼ》れる。

辰巳はその涙を舌で舐《な》め取り、ゆっくりと抽挿を始めた。

ぐちゅんぐちゅんと粘着質な音が部屋の中に響く。

真夏でもないのに、全身から汗が噴きだし、互いの汗が混ざり合う。

辰巳に抱きしめられていることで、尖《とが》った胸の頂《いただき》が彼の肌に触れて擦《こす》れる。

「ん、んぁ、あ、ああっ」

「は、はぁっ、くっ」

辰巳の乱れた息を耳元で感じ、それに煽《あお》られる。燕は彼の腰に両脚を絡《から》ませ、その背に爪を立てた。

辰巳も抽挿しながら苦しいぐらいに燕を抱きしめる。

ぽた、ぽたっと彼の汗が燕の肌に染みていった。

彼の匂いが充満し、燕は恍惚《こうこつ》となる。

脳髄はすでに焼け切れて、頭の中には快楽を追うことしかない。もっともっとと、貪《どん》欲《よく》に彼から与えられる快感を一つ残らず受け取ろうとしている。

その間も辰巳は燕の頬を両手で固定し、舌を絡《から》ませ唾液を飲ませた。

抽挿はますます激しくなっていく。肉棒が膣壁を何度も擦《こす》り、膣奥をぐりぐりと穿《うが》つ。

「ひ、うぁあ、んん、あ、ん、ん、んっ」

甘い喘《あえ》ぎ声は彼の口に呑み込まれ、息ができない。

口付けを繰り返したまま、彼は手を胸へ移動させ、頂《いただき》を指で挟んだ。かと思うと、指の腹でぐりぐりと押しつぶす。

全身を愛撫され、燕は迫《せ》り上がってくる快感から逃げることができなくなっていた。

くる、一番気持ちがいいのがくる、と頭の端でその快楽を必死にたぐり寄せる。

「あ、ん、あぁ、んん、ん、く……るん、んや、おおと、りさ……あ、ん」

「イクのか？」

「ん、ん、くる、から、きちゃっ、あぁあああっ」

辰巳にぐりっと腰を押し付けられた瞬間、身体にたまっていた快楽が外へ発散された。

燕の口から一際高い嬌声《きょうせい》が上がる。

彼に絡《から》ませていた両手脚をシーツに投げだして、燕は乱れた息を整えようとした。

けれど押し付けられた肉棒がいまだに硬いままなのに気づく。辰巳はなおも腰を動かしている。

「つ、ばめっ、俺も……イクッ」

自身が達するための激しい抽挿に、燕の身体は壊れてしまいそうだ。

達したばかりの敏感な膣内が蠢《うごめ》いて、射精を促《うなが》す。ぐっと膣奥に押し付けられた熱棒が中でびくりと跳ね、膜ごしに白濁が射精された。

「ぐぅっ」

辰巳が唸《うな》り声を上げ、何度か腰を動かす。最後まで出し切ると、そのまま燕の上へ倒れ込んだ。

燕は彼の重さを感じながら、汗で滑らかになった背中を撫《な》でる。

しばらくそうやって抱き合っていたが、ふいに彼が起き上がり、ぬぽっと肉棒を抜いた。ベッドの縁に座り避妊具の処理をする。

それが終わると、裸のまま燕の横に寝転がり、燕を優しく抱きしめた。

「このまま寝るか？」

「シャワー浴びてシーツ替えたいけど、無理」

「全部、明日やろう」

辰巳が燕に毛布を掛ける。

すっかり疲れてしまっていた燕は、促《うなが》されるまま眠りについた。


再び、意識を取り戻した燕は、自分の身体が揺さぶられているのに気がついた。

うっすら目を開けると、目の前に眉間《みけん》に皺《しわ》を寄せた辰巳がいる。布団に潜《もぐ》ったまま、肉棒を燕の身体に擦《こす》り付けていた。

「んぁ、も、朝からっ!?」

「朝はどうしても、生理現象で。……目の前に裸の燕がいるんだ、理性なんて吹っ飛ぶだろ」

「あん、あ、まってっ……」

燕は制止の言葉を発するのに、彼は笑ってとりあってくれない。

カーテンから漏《も》れる光に、燕は傷が見えたらと不安になる。

辰巳は一度腰を動かすのをやめ、胸の谷間を人差し指でツーっと撫《な》でた。

それだけで、燕の身体は戦慄《わなな》く。

昨夜の情交の熱がいまだに身体の中でくすぶっている。ちょっとした刺激で、すぐに火がついてしまう。

辰巳の手が燕の両胸をやわやわと揉み、だんだんと尖《とが》りだした頂《いただき》を指と指の間に挟んで擦《こす》った。

「ん、んっ」

燕は自分の指を甘噛みしながら、声を我慢する。

朝からこんな濃厚な時間を過ごしているなど、隣の住人に知られたくはない。

「我慢してるのか？」

「あ、たりまえっ、きゃうっ」

指を離して答えた瞬間を見計らってか、辰巳が胸の頂《いただき》を強く摘《つ》まんだ。途端、燕の口から変な声が上がる。

あまりの羞恥《しゅうち》に、燕は両手で口元を覆《おお》った。

「燕はどこを触っても反応するな」

甘い声が燕の耳を侵《おか》す。

辰巳は燕に覆《おお》い被さり耳に息を吹きかけると、舌を耳穴へ差し込んだ。ぬちゅぬちゅと淫猥《いんわい》な音が燕の脳髄に直接響く。

燕は唇を覆《おお》う手の力を、より一層強めた。

辰巳はその手にも口付けを落とす。燕をじわじわと追い込んで、楽しそうに笑った。

朝からなんてことをするのだ。

けれど、それを止められない燕も問題だった。

辰巳との行為が気持ちよく、他のことはどうでもよくなってしまう。何より彼を受け入れることが嬉しい。

そんな自分の感情に戸惑《とまど》う。

「声、我慢できないなら俺が塞《ふさ》ごうか」

ふいに辰巳に聞かれた。

どういう意味だろうか、彼が口元を覆《おお》ってくれるということか。

燕はそっと両手を離して頷く。すると、辰巳が燕の鼻に口付けを落とした後、その唇を塞《ふさ》いだ。

「んーっ」

そういうことかと後悔した燕は、辰巳の背中をバシバシと叩いて抗議する。彼はすぐに離れた。

「はぁっ、はっ」

「まだ鼻詰《つ》まってたのか？」

「昨日まで詰《つ》まってたものが、突然よくはならない」

「確かにな」

目を合わせて笑い合う。

辰巳が優しくもう一度口付けをし、顎《あご》、鎖骨、胸の谷間と順番に口付けていった。

そして脚の付け根と太腿、膝裏、ふくらはぎ、足先までたどり、またふくらはぎ、胸、口と上《のぼ》ってくる。くすぐったさに燕が身をよじると、両脚を固定され広げられた。

「ひうっ」

息を詰《つ》め彼を見る。辰巳は舌舐《したな》めずりをして楽しそうだ。再び燕の下腹部に潜《もぐ》り込むと、息を吹きかけ花芯を舌でちろちろと舐《な》めた。

「あん、ん、や、そこはっ」

「ここを舐《な》められると気持ちがいいんだよな」

満足するまで舐《な》めてやるといわんばかりに、舐《な》めしゃぶる。ちゅぱっと淫猥《いんわい》な音が響いた。

燕の腰がびくびくと跳ねる。思った以上に身体が敏感になっているし、朝から刺激が強すぎるのだ。

辰巳がじゅっと強く花芯を吸った瞬間に、燕は絶頂へと押し上げられて達した。

短い息を吐きながらぼんやりしていると、辰巳が大きく膨れた肉茎を膣内へ挿入する。

「ひぁあっ、うそっ、まって、まってっ」

燕は慌てて両手を動かし辰巳を止めようとしたが、そのまま膣内が圧迫される。達したばかりで快楽が強すぎて、苦しい。

それが気持ちいいとも思うが、そろそろ身体が痛くなってきている。

簡単に彼の熱棒を受け入れてしまった自分の愛液の滴《したた》り方が恥ずかしい。

それだけ燕自身が本当は挿入してほしいと望んでいたのが、彼にバレてしまう。

けれど眉間《みけん》に皺《しわ》を寄せながら腰を打ちつける辰巳の姿には、とても色気があり、その艶《つや》に燕は流された。

ふいに辰巳の指が下腹部へ這《は》い、花芯に触れる。そして、ぐりぐりと刺激を加えた。

しばらくして、彼の肉棒が爆《は》ぜる。

「すまん……、早かった……」

「あやまるところ、そこなのかな？」

男性は気になるらしいが、燕にとって問題はそこではなかった。朝から激しすぎる。

あきれてため息をつき、燕は部屋の中を見回す。時計が目に入った。

「……というか、時間っ！　会社！」

しゅんとしながら燕を抱きしめていた辰巳の身体をどかして、時刻をきちんと確認する。

ぎりぎりではあるが、どうにか遅刻をしなくてすみそうな時刻だ。

けれど、辰巳は余裕の表情を取り戻している。

「いや、燕は今日も休みだ。俺から伝えておく」

「でも、昨日風邪で休んだし。もう熱はないので出社しなくちゃ」

そう意気込んでベッドから立ち上がろうとした燕は、腰が立たずにぺたんとフローリングに座り込んでしまった。

「う……っそ……」

「久しぶりだったんだろ？　俺の歯止めが利かずに夜と朝にしたしな。ほらベッドで寝てるんだ」

「うう、セックスのせいで会社を休むなんて社会人失格だぁ……」

燕は泣きたい気分になる。

まさかこんな理由で会社を休む日が自分に来るとは、思ってもみなかった。

「頻繁なら困るが、今回は俺の責任だ。俺が加減しなかったのが悪い。すまんな」

辰巳が燕の頬を撫《な》でて額《ひたい》に口付けをする。そしてさっさとシャワーを浴びに行った。

燕は役に立たない腰を叩きながらなんとか立ち上がり、冷凍ご飯を温めて鮭のおにぎりを作る。シャワーを浴びて髪の毛を乾かしている辰巳に、それを渡した。

「食べてる暇、ないでしょ。お腹の足しにはなると思うから……」

「腰が痛いのにありがとう。会社で食うよ。そろそろ出るから、鍵締めて寝てるんだ。

今日は多分来られないが今週の土日は一緒に過ごそう」

「……うん」

「じゃ、行ってくる」

そう言って燕の唇にキスをし、辰巳は玄関を出ていった。燕はそれを見届けて、恥ずかしさに悶《もだ》える。

「うわぁあ、ドラマの恥ずかしいシーンみたいだぁああ」

あまりのことに悶絶《もんぜつ》しながらこの日を過ごした。

第四章　波に千鳥《ちどり》

燕が、本当の意味で辰巳と付き合うようになってから数日後の土曜日。

彼は有言実行で、燕の家へやって来た。

金曜日まで忙しくプライベートの話はできなかったので、彼は来ないだろうと油断していた燕は、焦って一人、ばたばたしていた。

なにせ、着古したTシャツに短パンという格好だ。髪の毛もボサボサで、女性としての体面をまったく保てていない。

いくら女性的な可愛らしさがない自分でも、これはいただけなかった。

「……連絡……っ！」

玄関口に現れた辰巳を上目遣いでにらむと、彼は大して悪びれもせず謝る。

「すまん。会いたくて、気が急《せ》いた」

「……そう言われると怒れなくなるじゃない」

燕はむすっとした顔をしたまま、彼を部屋へ招き入れる。急いで着替えを済ませ、簡単に化粧を施《ほどこ》す。

化粧をする姿などあまり見られたくはないのに、彼はじっとこちらを見つめてくる。

「いろいろあるんだな、化粧品って」

「そうだよ。会社に行く前も、恋人と会う前も女性は大変なの」

「男はだいたい髭《ひげ》を剃《そ》って髪を整えるぐらいだな。女性のほうが倍ぐらいは時間がかかる」

「あ、一日家でまったりするんだったら化粧しなくてもよかった……」

燕は出かけるつもりで化粧をしたが、今日何をするかの話は一切していなかったことに気づく。

「今日、どうするの？」

そう聞くと、辰巳がスマホを渡してくる。

「ここに行ってみようかと思うんだが」

「パンフェス？」

「全国各地から有名なパン屋がくるらしいんだ」

「パン好きなの？」

「そうだな。朝食べるにはちょうどいいと思う」

辰巳いわく、朝は基本的にパン派なのだそうだ。パンはあまり手間がかからないという理由らしい。

「朝からきちんとした和食を食べてるイメージだった」

燕は少し意外に思った。

「いや、ギリギリまで寝てるから、朝食はコンビニで買ったサンドイッチをそのまま食べる程度だ」

「へぇ、そうなんだ」

燕も簡単にすませたいときはパンだし、特に嫌いでもない。

何かいいのがあったら自分用にも買おうと、パンフェスへ向かうことにした。

駐車場がなかなか空かない場所だというので、珍しく電車を使う。ちょっとした遠出気分が味わえて、新鮮だ。

辰巳と手を繋ぎながら電車に揺られた。

フェスの会場へたどりつくと、すでに人で賑わっている。中に入れるのかも怪しいくらいだ。

「凄《すご》い人だね」

「パン好き、多いんだな」

「前に見たテレビで、今は朝食にパンを食べる人のほうが多いって言ってたよ」

「なるほどな」

人の波を分け入って、どうにか会場の中へ入る。様々な店からパンの良い香りが漂《ただよ》ってきていた。

中央には長机と椅子があり、買ったものをその場で食べられるようになっている。

「お目当ては、あるの？」

「パンフェス限定のセットがあると聞いたんだが……」

「あ、あそこじゃない？」

燕は一際いい匂いをさせている店の前の長蛇の列を指さす。

買えるかどうかわからないくらいの人の多さに躊躇《ためら》ったものの、せっかくだからと二人で並ぶことにした。

残り六個というところでなんとか買え、その他にも気に入ったものをいくつか選ぶ。

会場内の机を確保できたので早速、中央で食べることにした。

買ったばかりのまだ温かいパンを口の中へ放り込む。

「んー、美味しい」

燕が口をほころばせると、辰巳が手を伸ばしてきた。

「うまいな。燕のも一口」

「はい」

燕は食べていたマスカルポーネと生ハムのサンドイッチを差しだす。かわりに辰巳が食べていたクロワッサンを一口貰った。

どちらも美味しくて、すごい勢いで食べてしまう。

「朝ご飯用にと思って買ったものもあるのに、美味しくて食べちゃった」

「だな。けど、もう一回並ぶ元気はあるか？」

「び、びみょう……」

燕は考え込む。

あの人ごみの中に戻るのは正直勘弁してほしいが、このパンの美味しさには逆らえない。

散々悩んだ末、結局もう一度さっきとは別の店に並び、数個パンを買ってから外に出た。

さすがにくたくたになった二人は、近くのカフェで休憩する。よろよろと入った店内は、少し眠気を誘う暗さになっていた。

案内の店員は、二人に不思議なことを言った。

「先ほどベッド席も空きましたが、どういたしますか?」

「……じゃあ、それでお願いします」

ベッド席とはどういったものだろうと思いながらも、疲れていた燕は、そのまま頷いてしまう。

辰巳もベッド席がなんなのかよくわかっていないらしいが、反対はしなかった。

案内された一角には、本当にベッドが置いてあった。二人が並んで寝転がるには充分な広さのベッドだ。

驚きで口をあけたまま、燕は靴を脱いでベッドに上がる。置いてあったメニューから飲み物を選ぶと、辰巳に寄り添いながら寝転がった。

なんとも不思議なカフェだ。

もちろんテーブル席もあるが、こんなふうに寝転がれるこちらのほうが人気があるのだと、店員が教えてくれた。

二人は、ゆっくりとお茶を飲みながら過ごす。燕は辰巳の胸に頭を寄りかからせ、店内を眺めた。

それなりに目隠しがあるものの、他の人から完全に見えないというほどではない。

そんな中で、こんなにくっつき合っているなんて、以前の燕ならば絶対にしなかっただろう。

けれど今は、不思議と平気だ。辰巳の心音を聞いているだけで、心が安まり幸せを感じる。周囲など気にならなかった。

こうして燕と辰巳はゆっくりと二人の距離を縮め、想いを重ねていったのだ。

それから半月ほどが経った、そろそろ夏の陽がかげる季節。

例年この時期の燕は、夏バテで調子がよくなかった。

仕事は繁忙期から一段落はするものの、十月までは忙しい日々が続く。落ち着くのは十一月ごろになるだろう。

どうやって乗り切ろうかと身構えていた燕だが、なぜか今年は体調がいいままだった。

辰巳とは平日も休日も時間が合えば一緒にいて、次の日に支障がでない程度に身体を合わせている。そんな濃蜜な日々がきいているのだろうか、などとバカらしいことを考えていた。

パーティーは、あれ以来、それほど出席していない。

もともと辰巳はあまり参加していなかったし、もう燕を見せびらかす必要がないからだそうだ。

そのことも、燕は助かっていた。

実羽や雲雀と会うのは別だが、やはりあの手のパーティーは得意ではない。

それもあって燕がキレたのを、辰巳も覚えているのだろう。

代わりに、無理せず、自分のペースで辰巳といられる時間が増えたのも嬉しいところだ。

そんなある日、辰巳と一緒にランチに出た帰り、燕は誰かの視線を感じた。

周りを見回すが、特にこちらを気にしている人間はいない。

気のせいかと思い、燕は辰巳には何も言わず、そのまま会社へ戻った。

けれど、それからというもの、外にいると視線を感じるようになる。そのたびに周囲を確認するのだが、誰かがこちらを見ている気配はなかった。

自意識過剰だとは思うが、少々不気味だ。

それに、一つ気になることがある。

燕が視線を感じて周囲を見ると、必ず同じ女性がいるのだ。よく近くにいるというだけで、特にこちらを見ているわけでもないのだが、毎回というのに違和感を覚える。

「――気のせいだよね」

ただ具体的な被害が何もないので、燕は辰巳にも加里や森田にもこのことを相談しなかった。

　そんな日々が続いた週末、燕は辰巳の家に泊まりにいった。

　一緒にいることに慣れた二人は、最近、まったりと過ごすことが多い。

　辰巳をソファー代わりにしながらスマホを弄《いじ》っていると、久しぶりにパーティーに参加してほしいと頼まれた。

「なんのパーティー？」

「俺の家関係だ。正直行きたくはないんだが、参加を強制されていてな。申し訳ないんだが一緒に出てほしい」

「いいよ。あなたがくれたあの黒いドレスも着てみたかったし」

　燕は軽く頷いた。パーティーに来る人たちと付き合うのは苦手だが、たまになら華やかな場所にいくくらい構わない。

「ありがとう。……それと」

　けれどそこで、辰巳は口ごもってしまう。

　伝えにくいことなのか、言いたくないことなのか。どちらにせよ燕は、無理に聞こうとは思わなかった。

　結局辰巳は目を瞑《つむ》り、苦笑して誤魔化す。

「なんでもない……。また、今度話す」

「そうなの？　わかった」

どうしても聞きだそうと思えないのは、燕自身、辰巳に言えていないことがあるからだ。

あれから何度も身体を重ねているのに、いまだに燕は傷について言えないでいた。

毎度電気を消すように頼み、傷のある部分を触られそうになると、身体を捻《ひね》って触らないでほしいと頼む。

そのたびに辰巳が少し眉間《みけん》に皺《しわ》を寄せることに、燕は気づいていた。

それに、昼間にそういった雰囲気になっても、傷を見られたくなくて断ってしまっている。

彼が寂しそうにするので、「いいよ」と言ってあげたいのに、できない。

いい加減、辰巳に伝えなければと思いつつも、言葉が出てくれなかった。

そんな自分が彼が言えないことに対して何かを言う資格はないのだ。


そして、結局辰巳の言いたかったことを聞かないまま、パーティーがある土曜日になった。

燕は辰巳に連れられて、パーティーが開催されるホテルへ行く。

今日は、辰巳の家が懇意にしている夫婦の結婚十周年記念のパーティーらしい。

そんなパーティーに主催者夫婦と面識のない自分が参加するのは気が引けるが、辰巳がお世話になった人ならお祝いをしようと考えていた。

とにかく、彼に恥をかかせたくはない。背筋を伸ばして胸を張る。

すると、会場になっているホールの前で辰巳が立ち止まり、軽く手を上げた。

「兄さん」

「ん、おぉ、辰巳か」

辰巳によく似た男性が、こちらに近づいてくる。燕はその男性のことをそれとなく観察した。

彼よりも少し高い身長、眼鏡で半ば隠れている目は彼によく似た切れ長だ。ただ辰巳とは違い表情は豊かなようだ。

「兄さん、彼女は俺の恋人」

「牧瀬燕と申します」

内心の動揺を隠してなんとか挨拶をする。

辰巳の兄は燕の全身を上から下まで眺め、興味なさそうに「ふぅん」と呟《つぶや》いた。

「ところで辰巳、父さんたちには会ったのか？」

「まだだ。じいさんのところにも行かないといけないのが億劫《おっくう》だな」

「嫌なことは先に済ませておけって。あと、この間言ったこと俺は本気だからよろしく」

「兄さん……、俺はもう平気だ」

兄の言葉に辰巳が少し疲れたように呟《つぶや》いて、話を切り上げたそうにする。どうやら燕の前ではしたくない話のようだ。

それを察したのか辰巳の兄も話を切り、燕に一瞥《いちべつ》をくれる。

燕はできるだけ平静を装《よそお》った。

「紹介するのか？」

「そうするつもりだ」

「今日はやめておいたほうがいいかもな。この間、辰樹《たつき》が見合いしただろ。あれがぽしゃってキレてる」

「……そうか、その前には、俺がやってるしな」

「兄弟そろって……。ま、父さんも強引だからな。母さんは父さんの言うことを聞くだけだし。まぁ、母さん自身は、内心、お前が決めた人ならそれでいいと思っているらしいけど。頑張れ」

「わかった。ありがとう」

燕はその話を大人しく聞いていた。何を話しているのか、半分もわからない。自分がかかわることもあるようなので、正直そこだけでも説明してほしいけれど、聞かないと決めているので、口を挟まないでいる。

辰巳は兄との話を終え、燕を振り返った。

「ちょっと、じいさんに挨拶してくる。燕を紹介したいんだが、どうも機嫌が悪いみたいなんだ。今紹介したら誰であろうと気に入らないと言うだろうから、俺一人で行ってくる」

「わかった。大人しくワインを飲んで待ってるよ」

「ありがとう」

辰巳はそう言って、去っていった。

燕の気持ちは少しずつ曇っていく。

自分が辰巳の相手として、家族に面と向かって紹介するのが厳しい存在なのだと思い知らされた。

辰巳の兄の様子からも歓迎されているようには見えない。手放しで喜んでもらえるとは思っていなかったものの、やはり辛い。

これまで考えないようにしていたが、辰巳は自分とは違う世界の人間なのだろう。

そんなことを思いながら俯《うつむ》いていると、とんとんと肩を叩かれた。振り向くと実羽と大倉が立っている。

「燕ちゃんも来ていたのね」

「はい。主催者のご夫婦が彼の家族と懇意にされているらしくて」

そう答えると、大倉が実羽を燕に預けた。

「実羽、俺も少し挨拶に行ってくる。牧瀬さん、実羽をよろしく」

「え？　はい！」

まさか大倉に顔を覚えられていると思っていなかったので、燕は少し驚く。勢いで返事をしてしまったが、どちらかというと燕のほうが実羽にお世話になる側だ。

腑《ふ》に落ちないでいると、実羽に話しかけられた。

「鳳さんは、どうしたの？」

「今、おじいさんに挨拶してくるって、そっちに行ってます」

「そう」

二人で会話をしているとそこへ、雲雀がやってくる。

「牧瀬さん！　それに瀬尾さんもこんばんは」

「こんばんは、雲雀ちゃんも来てたのね」

実羽はにこやかに対応する。二人は仲がいいようだ。

「ええ、面倒ですけど、今日、母は違うパーティーに行かなければいけなかったので、その代わりに。……それにしても、先ほど鳳さんのご家族にお会いしましたけど、相変わらず凄《すさ》まじい方々ですね」

その言葉に燕は驚く。「凄《すさ》まじい」とはどういうことだ。

「それってどういう意味？」

「え？　家族全員、顔立ちがいいって有名ですよ。目の保養でもありますけど、あまりにきらきらしすぎていて、目が痛くもなります」

そんな雲雀の発言に、燕と実羽は噴きだした。

雲雀は若いせいか、あけすけだ。多少無神経なところはあるが、マナーをわきまえているので憎めない。

「にしても、鳳……辰巳さん本当どうするんですかね」

ふいに雲雀が言った。燕にはなんのことだかわからなかったが、実羽には心当たりがあるようだ。

「あぁ、お兄さんのこと？　噂になっているもんね。燕ちゃんは辰巳さんから何か聞いてる？」

「なんの話ですか？」

燕がそう聞くと、実羽と雲雀が顔を見合わせた。

「燕ちゃんもしかして知らない？」

「えっと……何を、ですか？」

「辰巳さんのお兄さんが自分の会社に来てほしいって、辰巳さんを誘ってるって話です」

「そうなんですか？」

燕の反応に二人はもう一度顔を合わせた。その表情はどちらも深刻そうだ。

燕の心がなんだかざわざわとしてくる。

詳しく教えてくれと頼むと、実羽が言いにくそうに説明をしてくれた。

辰巳の兄は鳳家の持つ大手貿易会社の役員なのだそうだ。その会社に弟の辰巳を入れ、自分の右腕になってほしいと願っているという。

けれど辰巳は、一族に嫌気がさして、家と関係のない会社に勤めたのだと噂されている。

その話は有名で、辰巳はこの世界では変人扱いされているそうだ。

ところが最近、辰巳の兄のアプローチが強くなったらしい。

どれもこれも、燕にとっては初耳だ。そもそも、辰巳がそんな大企業の息子だということを本人からは知らされていない。

辰巳のパートナーとしてパーティーに出ると、決まって嫌な視線にさらされるのでどうしてだろうとは思っていた。

けれど、やっと納得がいった。事情を知っている人から見れば、燕は玉の輿《たまのこし》に乗ろうとしている女だということだ。

燕の顔から、すっと血の気が引く。

ない。

「え、はい。もちろん大丈夫ですよ」

実羽と雲雀が心配してくれるが、頭の中がぐるぐるとしていて、大丈夫なんかではない。

なんとか笑みを作って、なんでもないように過ごす。

今すぐ辰巳に聞きたいことがある。けれど会えば彼を責めてしまいそうだ。

彼がずっと言いにくそうにしていたのは、このことだったんだろう。

なぜ言ってくれなかったのかと思う一方で、話してくれるまで待とうと決めたのは自分だと理性が止める。

(――自分から聞いたこととはいえ、なんで他人から聞かされなきゃいけないの)

わかっているのに感情はうまく治まってはくれない。

燕は、一人にしてくれるよう実羽と雲雀に頼むと、唇を噛みしめた。

結局、挨拶に行くと言って燕から離れた辰巳は、乾杯の時間になっても戻ってこなかった。

乾杯を終えた燕は辰巳を探す。少し頭の中が冷えた今なら話し合えるような気がした。

見つけた辰巳は、家族と思しき人たちと一緒に数人と話をしている。相変わらずの仏頂面《ぶっちょうづら》だが、その姿には華があった。

「燕ちゃん、大丈夫?」

辰巳と自分の間にある明確な線。

同じ場所、同じ時間を生きているのに、彼は別の世界に住んでいるような感覚だ。

そんな言葉で否定されたくはないと辰巳は怒るだろうが、実際に線は存在している。

それがたとえ燕の勝手な考えだったとしてもだ。

燕はしばらく辰巳を見つめていたが、そっと会場を抜けだす。

これ以上そこにいることはできなかった。

クロークでコートを受け取ってパンプスを鳴らしながら雑踏に紛《まぎ》れる。真っ直ぐ帰る気にはなれなくて、近くのカフェに入った。

注文した紅茶を飲みつつ思考にふける。

辰巳にとって自分は特別で、それはこの先変わらないのだと、有頂天《うちょうてん》になっていたのかもしれない。

付き合いだして半月。一番幸せな時期だが、その幸せの足場は最初から存在しなかったのではないだろうか。

綺麗なドレスを着てヒールのあるパンプスを履いて、化粧も髪の毛も手も、みんな綺麗に整えても、結局のところ燕は燕だ。

高い身長は低くはならないし、傷痕《きずあと》は薄くはなってもなくならない。

辰巳といるときは忘れられても、今でも傷の話を打ち明けることはできていない。

結局自分はその場で足踏みしているだけで変わっていなかったのだと気づく。

それと同じように、辰巳は辰巳で、やっぱり燕とは違う世界で生きているのだ。

「……なんだか、バカみたい」

小さな声で呟《つぶや》く。

残っていた紅茶を一気に飲み干して、鞄の中からスマホを取りだした。

スマホには辰巳からの着信が数件表示されている。留守電を確認すると、その内容は燕がどこにいるのか連絡してほしいというものばかり。

心配をかけている。

このまま無視することもできるが、それはしたくなかった。

辰巳のことは好きだ。彼を傷つけたいわけではない。

燕は辰巳に【今日は帰ります】とだけ連絡を入れて、スマホの電源を切った。

しばらくぼんやりと窓の外を眺め、一時間ほど経ってからカフェを出る。

マンションの前につくと、エントランスの前に人が立っていることに気づいた。燕のよく知るシルエット。

まさか、そんなわけがない。

そう思うものの、その影から数メートルほど離れた場所で立ち止まり、燕は元来た方向に戻ろうとする。

けれど、目ざとく気づいた彼にさっと腕をとられた。

「燕っ」

今は会いたくない。それなのに待ち伏せするなんて。

少しは予想していたけれど、本当に待っているとは思わなかった。

辰巳に腕を掴まれている、そのぬくもりに抑え込んでいた感情が溢《あふ》れる。

「……なんでいるの？」

「なんでって……、心配だったからに決まってる」

「別に心配してもらわなくたって大丈夫よ。大人だもの」

「大人が帰るって連絡いれてから一時間以上マンションに帰ってこないわけあるか。スマホの電源まで切って」

燕は決して辰巳のほうを振り返らないまま、不機嫌さを隠すこともなく言葉を返す。

「今日は話したくない」

「俺は話したい」

「話したくないのっ」

「燕、聞いてくれ。頼む」

後ろから力強く抱きしめられながら頼まれ、燕は断ることができなくなってしまった。

好きな人がこんなにも懇願《こんがん》しているのを無下にはできない。

燕はそっと息を吐きだした。言葉には出さないまま辰巳を部屋に通す。

二人は無言のままラグに座った。しばらく沈黙した後、先に言葉を発したのは辰巳のほうだ。

「――実羽さんに聞いた。俺の実家の話をしたと」

「うん」

「言えなくてすまなかった」

辰巳が悪いわけではないのに、返事ができない。

「言ったら、燕が俺の腕からすり抜けていなくなるんじゃないか不安だったんだ」

彼の言いたいことはわかる。気持ちも痛いほどに理解できる。

現に燕はもう辰巳とは付き合えないのではないかと思っているのだ。

それがわかってもこの苦しさが緩和されるわけではない。

「……自分の知らない恋人の話を他人の口から聞かされるのが、あんなにも苦しいなんて知らなかった。あなたが言いたいことがありそうなのはわかっていたし、言いたくないんだとも感じてたからそれでいいって思ってた。けど、他人から聞きたいわけじゃなかった」

「……わかってる」

「わかってない！　私はあなたの恋人なのにどこまでも蚊帳《かや》の外。輪の外にいて、あなたのことや家族のことを遠くから見ているだけ。そんなの恋人っていうの？　私はあなたにとっていったいなんなの？」

言葉が溢《あふ》れる。こんなことが言いたいわけではない。でも言わないと気が収まらない。結局はそれが燕の本音なのだ。自分は隠し事をしているのに辰巳に秘密を持たれたことにすねているだけ……

わかっているけれど、それを受け止めて黙って笑うことはできなかった。

「他の人が当たり前に知っていることを私は知らなくて、知らないことに驚かれて気を使われて……惨《みじ》めじゃない」

肩身の狭い場所で、必死に頑張った。

一緒にいるのは楽しかったけれど、それでもパーティーは憂鬱《ゆううつ》なのだ。それを辰巳のためだからと何度も参加して、愛想笑いをして彼の足を引っ張らないことだけを考えた。

そこまで考えて、燕はさらに悲しくなる。

（……あぁ、自分のことばかり）

燕は、辰巳のためにと言いながら、結局自分の気持ちばかりを優先させている。本当に最低だ。そう思うのに止まらない。

燕は目尻をごしごしと拭《ふ》いて、涙を流さないように必死に我慢した。あれだけ綺麗に整えた化粧と髪型はもうぼろぼろだ。

「……私とはいつか別れる予定だった？」

一人で叫んで怒って、なんだか疲れてしまった。思ってもない言葉が口から零《こぼ》れる。

「っつ、そんなわけないだろ！　別れるつもりなんてあるわけない！」

それまで黙って聞いていた辰巳が、ふいに怒鳴った。

「じゃあ、ちゃんと言ってよ！　言葉が足りないの自覚あるでしょ⁉　ちゃんと言葉と態度で示してよ！」

つい反射的に燕も言い返す。

一度溢《あふ》れたものは戻ることなく零《こぼ》れていき、自分では堰《せ》き止められない。止めたいのにすり抜けて、割れたコップのように粉々になった心から、溢《あふ》れでる。

辰巳は苛立ったように髪の毛を掻《か》いた。

「……燕だって、俺に言っていないことがあるだろう」

ぼそっと、低い声で呟《つぶや》く。

「っ……！」

燕はひどく動揺した。彼が気づいているとは思っていなかったから。

「俺が言ってなかったこともある。逆に燕が言ってなかったことがある。お互い様じゃないのか？　ちゃんと説明するから冷静になって話ぐらい聞いてくれ」

「……っうるさいっ、うるさいうるさい！　バカ！　辰巳なんか知らない！　帰ってよ！」

辰巳の冷静さが悔しくて、燕は子どもみたいな口をきいた。

言ってから恥ずかしくなって後悔したが、一度口から出てしまった言葉が元に戻ることはない。

「帰って……、お願いだから。これ以上私を苦しめないで、こんな自分大嫌い。甘えるのが下手くそで、自分に非があることも認められない。傷つけられたからって、傷つけて――」

「満足するまで傷つければいいじゃないか」

辰巳が燕の言葉を遮《さえぎ》ってきっぱりと言う。

「何言ってるの？　傷つけられて喜ぶ人間がどこにいるのよ。私は嫌よ。傷つけるのも、傷つけられるのも嫌なの」

「わかってる。けど、俺が君を傷つけてしまったなら、同じだけ傷つけろ。俺はそれでも燕から離れてはいかない」

辰巳が燕の手を引っ張り、強く抱きしめた。

燕はぐっと力をこめて押し返そうとするが、彼の身体はびくともしない。

「っ、離してよっ」

「離せるか！　ここで離したら終わるだろうが」

その余裕のない焦った声と力強さに絆《ほだ》されそうになり、意地になって彼の腕の中で暴れる。

自分でもこんなにも子どものような態度に呆れているのに、彼はそのままでいいと言う。

そんなふうに甘やかす辰巳が悪いのだ。

ふいに辰巳が燕の背中を優しく撫《な》でた。そのリズムに燕の気持ちはだんだんと落ち着いていく。

もやもやとした気持ちがすべて晴れたわけではないが、それでも大丈夫だと信じられる気がしてくる。

燕は深呼吸をして、辰巳の胸へ頬をくっつけた。

「……バカ、不器用、言葉足らず、すぐ人のこと泣かす……。バカ」

「無自覚、甘え下手、人に頼ることをもう少し覚えろ。心配するだろう」

お互いの悪口を抱きしめ合いながら言うと、不思議に嫌な感情がとけていった。

「……ごめんなさい」

「俺も悪かった」

「ちゃんと頭ではわかってるのに、ひどいことを言った」

「それもお互いさまだ。喧嘩しても、ちゃんとお互いの言いたいことを、本音を、言っていこう」

辰巳の言葉に燕は小さく頷いた。

「……それにしても、あんな怒ってるときに限って名前を呼ぶか？　しかも燕が名前で呼んだの、あれが初めてだなんて……」

「呼んだっけ？」

「無意識か……。質《たち》が悪いんじゃないか？」

辰巳がため息をつき、残念な子を見る目で燕を見る。

その視線に少しムッとしたが、すぐにそれもどうでもよくなった。

辰巳の手をにぎにぎと触ってから、ベッドへ導く。

「燕？」

「甘えようかな、って……」

彼をベッドのヘッドボードに寄りかからせ、その太腿の上に跨《また》がる。そして、正面から抱きついた。

辰巳は突然の燕の行動に驚いたようで、両手を彷徨《さまよ》わせてからそっと背中に回す。

その手の力強さが嬉しくなった燕は、彼の肩口に額《ひたい》をすりすりと擦《こす》り付けた。まるで猫のマーキング行為のようだ。

そうしていると、密着している下腹部に何かが当たっているのに気付いた。

「……ちょっと」

「仕方ないだろ」

辰巳が恥ずかしそうに視線を逸《そ》らす。

その表情が楽しくて、燕は膨らんだそこにそっと手を当てた。そのまま彼の顔をじっと見る。

「辰巳、仕方ないの？」

先ほど無意識に呼んだ名前を明確な意図を持って呼ぶ。すると、触れていたものが反応した。

「辰巳？」

もう一度彼の名前を呼び、首を傾げてみせる。するとその声に、先ほどよりもそれが膨らんだ。

「わざとだな」

「どうでしょ？　ねぇ、このままがいい？　それとも直接触ってほしい？　もしくは足とか？」

「足⁉」

「そういうフェチの人もいるって、聞いたことがあって」

燕は冗談のつもりだったのだが、辰巳の顔は目に見えて赤くなり、わかりやすく興奮していることを伝えてきた。

まさか胸フェチではなく、足フェチだったのか。

燕はいそいそと彼のベルトを外し、スラックスのホックをあけた。

熱棒が期待で脈動し、びくびくと動いている。

軽く手で扱《しご》いてから、燕は辰巳から少し距離をとり素足で彼の肉棒に触れた。

「これ、意外と難しい……」

足はそこまで器用に動かない。なんとか両足で挟んで、ぎこちなく前後に動かしてみる。

燕自身はあぐらをかいているような残念な体勢なのだが、辰巳は気にならないらしい。むしろ興奮しているように見える。

その恍惚《こうこつ》とした表情に燕も煽《あお》られていく。指一つ触られていないというのに下腹部が熱くなり、胸の頂《いただき》が痛いほどに尖《とが》りだしている。

燕は竿《さお》を足の親指でつーっとなぞり、少し強い力で足の裏を押し付けた。そのたびに彼が小さな声を上げ、肉棒を震わせる。

燕は自分の愛撫で気持ちよくなってもらえることに喜びを感じた。つたない動きなのに、肉棒がより膨れていく。

「く、は……っ、つ、ばめ……もうっ」

辰巳の言葉に燕は足の動きを速めた。

やがて熱棒が欲情の滾《たぎ》りをほとばしらせる。燕の足に熱液がかかった。それを見た辰巳が、慌ててティッシュを取りにベッドから下りる。中途半端におろされていたスラックスのせいで、とても歩きにくそうだ。

ティッシュの箱と濡れたタオルを手に戻ってきた彼は、燕の足にかかった彼自身の白濁を掃除した。燕はされるがままに彼の手を見つめる。

濡れタオルで拭《ふ》いてから、辰巳が燕の足を取る。そして、唇を近づけて足の指を舐《な》めた。

「ひゃっ⁉」

「特別フェチみたいなものは持っていないつもりだったんだが、俺はどうやら燕フェチのようだ。君の指一つでさえも愛おしい」

指を一本ずつ口に含んで、ちゅぱちゅぱと飴玉《あめだま》のように舐《な》められる。

綺麗にしてもらったとはいえ、シャワーも浴びていない足だ。一日パンプスを履いていたことが気になる。

「た、たつみっ、駄目だってばっ」

「なぜ？　どこもかしこも香《かぐわ》しいよ」

「汗臭いの間違いなのでは……っ」

綺麗な言葉で誤魔化しても、汚いものは汚いのに、彼はそう感じないようで、丹念《たんねん》に舐《な》めしゃぶる。片足の指すべてを舐《な》め終えると、今度はもう片足も手に取った。

燕は慌てて足を引き抜き、両足を抱え込むようにして辰巳をにらみつける。舐《な》められた足の先がてらてらと卑猥《ひわい》に光っているのが恥ずかしい。

「もうっ、舐《な》めすぎっ」

「いや、足りない。もっと舐《な》めさせてくれ」

「ひぃい」

無表情にこちらを見つめる辰巳の眼差《まなざ》しがあまりにも真剣で、燕は恐怖を覚える。逃げようとしたところを簡単に捕まえられた。

「うう、捕まった」

「捕まえた。君は俺のものを好き勝手に足で弄《もてあそ》んだんだ。今度は俺の番だろ」

「あれは、その、辰巳が喜んでたから……」

もごもごと言い訳をするが、辰巳は聞いていない。

意味のないことをしてしまったんだと、燕は悟《さと》った。彼がやめないだろうことはわかっている。

流されるまま、好き勝手に舐《な》められた。

けれど、ドレスをはぎ取られそうになった瞬間、両手を突きだして止める。

「で、電気っ」

「……燕」

辰巳ははっきりと眉根を寄せた。隠し事はろくなことにならない、それを理解したばかりだ。

「わかってる。ちゃんと、ちゃんと理由を話すから……、もう少しだけ時間をください。そうしたら全部見せる……」

「……わかった。今日は電気を消すよ。だが、次のときは消さない」

「……うん。それまでに覚悟決める。ありがとう」

いまだに決心がつかない自分に自己嫌悪に陥《おちい》るが、まだ待ってほしかった。見られても平気だと、弱い自分と向き合うための時間が。

辰巳がそっと燕を抱きしめる。

「燕が受け入れてくれたように、俺は燕のどんなことでも受け入れる。大丈夫だからな」

「うん、本当はわかってるの。辰巳なら平気って、わかってるんだけど、私が弱いだけなの。……ごめん」

勲章だと言い聞かせてきた傷だけれど、心の奥で根深く気にしていたのかもしれない。恋をしなければ忘れていたコンプレックスだ。

大学時代の彼と目の前にいる辰巳は別人だとわかっているのに、燕はまだ傷つけられるのを怖がっていた。

「いいんだ。今日は、いつものように愛させてくれ」

辰巳が慣れた手つきで電気を消した。その間に燕は自身のドレスを脱いで彼を待つ。

頭の位置にある小さなベッドサイドランプだけがぼんやりと部屋を照らしていた。

辰巳がスーツと下着を完全に脱いでベッドに上がってくる。素肌の状態で抱きしめ合い、お互いの存在を確かめた。

「あったかい」

「俺のほうが体温高いからな」

辰巳の手が燕の髪の毛を梳《す》く。額《ひたい》から瞼《まぶた》、鼻、頬、耳にと順番に口付けをされた。

最後に唇に優しく触れて、辰巳の唇は離れていく。

さらにもう一度唇を触れ合わせ、二人は笑みを零《こぼ》した。

辰巳に鼻をかぷっと噛まれた燕は、お返しに彼の顎《あご》を軽く噛む。舐《な》められれば舐《な》め返し、噛まれれば噛み返した。

じゃれるような愛撫で、心も身体も満たされていく。

辰巳の舌が口の端から耳へ向かい、耳の周りを舐《な》めて穴へ侵入する。

舌の出し入れする音に燕は頭がくらくらした。

彼の手がうなじから背中をゆっくりたどり、指の腹でそっと撫《な》でる。そのたびに、燕の背中にぞわぞわとした鳥肌が立った。

ふいに背中を撫《な》でていた指が離れ、燕の頬を掠《かす》めてふにふにと唇に触れる。燕は口を開いて彼の指を受け入れた。

少ししょっぱいその指を、ぺろぺろと舐《な》め、舌を絡《から》みつかせる。

その動きに合わせるように辰巳も指を動かして燕の舌を押す。

しばらくすると、すっかりふやけてしまった彼の指が、微《かす》かに光る銀色の糸を引きながら、ちゅぽっと引き抜かれる。燕は無意識にそれを追いかけてしまったが、舐《な》めさせてはもらえなかった。

「俺がさっき君をもっと舐《な》めたいと思ってた気持ちが、わかった?」

「……なんとなく」

素直に認めることができなくて曖昧《あいまい》な返答を返すと、辰巳が息だけで笑う。そして燕に見せつけるように、先ほどまで燕の口の中にあった指を辰巳自身が咥《くわ》えた。

二人の唾液が混じり合うのを想像し、恥ずかしさが増す。

燕がもだえていると、ゆっくりと押し倒された。

辰巳が薄暗い中、下腹部のほうへ向かっていき、燕の脚を撫《な》でる。マッサージをするかのような優しい強さだが、触り方は卑猥《ひわい》だ。

両脚をぴっちりと閉じられ、太腿の間をちゅっちゅっと口付けされた。さらに舌で這《は》うように舐《な》められる。

何度も舌が往復するのに、付け根部分には触れてもらえず燕は焦燥感にかられる。辰巳はどうも人を焦《じ》らすことが好きなようだ。燕の身体は熱が篭《こ》もっていくばかりだった。

今度は両足を持ち上げられ、両脚の匂いを嗅《か》がれる。

「もぉおっ、それは、やめてよぉ」

「なんで？　いい匂いなのに」

彼は燕の制止も意に介さず、足の裏に口付けをし踵《かかと》を舐《な》めた。さらにふくらはぎに舌を這《は》わせ、膝裏にも口付ける。

淫靡《いんび》なむず痒《がゆ》さに燕は身体を震わせた。

遂に辰巳が燕の両脚を開き、すでにぐちゅぐちゅに濡れている秘処に触れる。陰唇を掻《か》き分け指をぬぷっと差し込んで、浅い部分を擦《こす》った。

「あ、ん、あぁっ、んぁ」

燕が嬌声《きょうせい》を上げると指を抜き、今度は陰唇をべろりと舐《な》めて、舌を挿《い》れられるところまで差し込んだ。じゅぷじゅぷと淫猥《いんわい》な音を立てては蜜を啜《すす》り上げる。

膨れた花芯は指の腹でぐりぐりと押しつぶして扱《しご》いた。

その刺激に燕は軽く達してしまう。

辰巳は身体を起こし、ベッドサイドに置いていた避妊具を自分の肉茎に被せた。燕の身体を横向きにし、片脚を肩にかけて熱く滾《たぎ》った肉棒を差し込む。

最初は亀頭部分だけをぬぷぬぷと抽挿していたが、徐々に深くまで埋め込んでいった。

そんな緩慢《かんまん》な動きに、燕はもだえ仰《の》け反《ぞ》る。早く全部呑み込んでしまいたくて自然に腰を動かしてしまう。

辰巳の形を覚えさせるようにゆっくりと突かれると、下腹部がきゅんと収縮する。

自分は辰巳のものだと言われているみたいな錯覚に陥《おちい》り、ますます身体に熱がたまった。征服されたいわけではないのに、嬉しい。

やっと膣奥までたどりついた熱棒を締めつけて、燕は刺激を催促した。

それに応えてくれたのか、燕の片脚を支えたまま辰巳が立ち膝になる。その状態で腰を動かし抽挿を繰り返した。

ぎりぎりまで抜いて一気に挿入し、角度を変えながら膣奥を穿《うが》つ。

彼から与えられる快楽に際限はなく、ひっきりなしに熱い波が寄せてきた。そのたびに燕の喘《あえ》ぎ声は甘く高くなる。

「ん、あ、ぁあ、た、つみぃっ」

ふいに辰巳がふくらはぎを甘噛みした。チリッとした痛みが走り、快感のスパイスとなる。

続いてぐりぐりと腰を押し付けられると、身体が戦慄《わなな》いた。

すると、熱棒が膣内から抜け、陰唇にぬちゅぬちゅと擦《こす》り付く。

燕は失われた刺激を求めて腰を動かした。

辰巳が燕の後ろに回って横たわる。彼女の片脚を持ち上げて自身の肉茎を埋め込んだ。

「あ、ひぅっ、んん、ん、んっ」

「は、くっ、気持ちよくて頭がおかしくなりそうだ」

「わ、たしはっ、もうっ――」

なっている、と言葉にはできなかった。彼の肉棒で激しく穿《うが》たれて、喘《あえ》ぎ声を漏《も》らすのみだ。

脚をがくがくと震わせながら、燕はシーツを強く握りしめて口に含んだ。けれど、すぐに辰巳に戻される。

「燕、こんなの噛まない」

「やぁあ、声ぇ、はずかしっ」

「恥ずかしくない。俺だけしか聞いてないんだから」

「ひああ、あっ」

上げられていた片脚を下ろされて、燕はうつ伏せにされた。

その上に覆《おお》い被さる辰巳の肌が背中に当たる。

彼の身体に動きを封じられてしまい、燕のほうはうまく身体が動かせない。

辰巳はより強く燕を囲い込むように抱きしめ、緩急をつけながら抽挿を繰り返した。

結合部分が泡立って、ぷちゅくちゅっと淫猥《いんわい》な音を響かせる。その音がさらなる刺激になって、愛液が溢《あふ》れた。

悔しいほど彼とのセックスは気持ちがよい。

愉悦に全身を侵《おか》され、官能が喉まで迫《せ》り上がる。

その思いは辰巳も同じなのか、燕の最奥を激しく突く。そして縋《すが》るように燕を抱きしめて、荒々しく奥を穿《うが》った。

その熱に燕の思考は奪い取られる。目尻から涙を流して、その嵐に呑み込まれた。

背中を弓なりに反らせ、絶頂を迎える。

ついに辰巳の動きが止まり、燕は盛大に身体を痙攣《けいれん》させた。目の前がちかちかとしていて、快楽の波がなかなか収まらない。

それなのに辰巳が燕の腰を持ち上げた。

「た、つみ？」

何をする気なのかと考えているうちに、まだ解放されていなかった肉棒を埋め込んでくる。

「ひぐっ、うあっ」

もうこれ以上は苦しくて辛い。腰がぐずぐずになってしまっているし、目の前は涙でぼやけていて、自我は崩壊寸前だ。

ぱちゅんぱちゅんと肉棒が膣内を暴き、燕は喘《あえ》ぐ。すると、彼の手が燕の両腕を取って背中で束ねた。肉棒がより膣奥を刺激し、燕は一瞬感じた腕の痛みを忘れる。

もう脳髄が溶けてしまう。麻薬のような中毒になり、毎日彼に抱かれることしか考えられなくなる。

「も、だめ、たつみ、もうだめぇ」

燕は必死でやめてほしいと懇願《こんがん》した。けれど彼の動きはより激しく強くなっていく。

「ぐ、出るっ、燕、受け止めてくれ。燕っ」

辰巳が何度も燕の名前を呼びながら最奥を穿《うが》ち、膜越しに爆《は》ぜた。

びゅるびゅると白濁が射精されているのがわかる。

疲労感と共に幸福感が全身に広がり、染み込んで、馴染んで、落ち着いた。

燕はふうふうと荒い息を吐きだす。辰巳は避妊具の処理をしに行ったようだ。

「電気つけていいか？　シーツ替えるから」

「うん、ありがとう」

気だるい身体をのそのそと動かして、燕は辰巳のシャツを羽織《はお》る。うとうとと舟を漕ぎながらラグに座っていると、下着を穿いた辰巳が近寄ってきた。燕を抱き上げベッドに移動する。

「眠いのか？」

「ねむ、い……」

「寝ろ。起きたら話をしような」

「する。たつみと、はなし……する」

同じ言葉を繰り返して、燕は意識を手放した。


カーテンの隙間から淡い光が差し込んできたのに気がついて、燕は目を覚ました。

辰巳に抱きしめられながら眠っていて、その温かさに心が穏《おだ》やかになる。

大柄な彼をこんな狭いベッドで眠らせてしまうのは忍びないのだが、辰巳は狭いと燕との距離が近くなっていいと言っていた。

彼の部屋にある広々としたベッドのほうが眠りやすいのに、変な人だ。

燕は、身体をぐっと伸ばして起き上がり、風呂場へ向かう。彼の家のこと、本当にこれから先、一緒にいていいのかどうか、きちんと話し合いたい。

シャワーを浴びて全身の汗を流す。

髪の毛を乾かして戻ると、辰巳が身体を起こしてぼんやりしていた。彼は寝起きが悪く、覚醒《かくせい》までに時間がかかる。

燕はいつもきっちりとしている辰巳が無防備になるその時間がとても好きだ。

辰巳を横目に、パンを焼いてウィンナーと卵で朝食を作った。テーブルにバターとジャムを置いて支度をしていると、辰巳がやってくる。

彼は燕の家に置いてあった自分の服を着ていた。

二人で穏《おだ》やかに朝食をとっていると、突然、辰巳が爆弾を投下する。

「燕、これから俺の両親に会いに行こう」

「えっ？　げほっ、げほげほっ」

燕は食べていたパンを詰《つ》まらせて、むせる。

「と、つぜん、何をっ！」

「いや、燕が不安になってるのは家のことだからな。いっそのこと今日家族に会ってもらって、決着をつけたほうがいい」

「決着って？」

「どういう結果になるかは、両親、いや、じいさんの意見で変わるだろうが、俺は家に戻るつもりはないし、燕と別れるつもりもない。それを燕にわかってほしいんだ。それに今の仕事にやりがいを感じているしな」

辰巳はきっぱりと宣言するが、詳細を知らない燕にはさっぱりわからない。正直それでいいのか判断がつかなかった。

「ねえ、辰巳の生い立ちを教えてもらってもいい？」

長年彼と一緒に仕事をしてきた。本当に付き合いだしてから半月経つ。けれど、燕は鳳辰巳という人間の人生をよく知らないのだ。

辰巳が真剣な眼差《まなざ》しで燕を見る。

「聞いたとは思うが、俺はとある貿易会社を営んでる一族の次男だ。昨日、兄さんには会ったが、弟には会ってないな」

「辰樹って人？　お兄さんとの会話に出てきてたから、弟なのかなぁとは思ってた」

「そうだ。まぁ、俺のうちは……一族至上主義というのか、自分たちの家柄というものに誇りを持っている。まぁ、じいさんは、自分が築き上げた会社で財をなした人だから、そうなるのもわかる。そして、それを実際に見てきて、じいさんに仕込まれてきた父さんもだ。父さん自身も不況を乗り越えて、会社をより大きくしたからな」

「貿易業界も大変そうだものね」

「あぁ、うまいこと事業展開してきたらしい。それで、父さんは俺たち三人に平等に権利を与えたんだ」

「権利？」

「三人の中で一番優れたものが会社を継げ、と。兄さんは俺たちの誰よりもじいさんと父さんに似ていて、効率的に会社を回すタイプ。弟は自由奔放《じゆうほんぽう》に見えてその実、自分の利益に聡《さと》い人間なんだ。けれど、俺はどちらでもなかったし、会社を継ぐとかもどうでもよかった。それより、ばあさんと一緒に読書をするほうが好きな子どもだったんだ」

辰巳は自身の過去を他人の物語のように話している。燕は口を挟まず、それに耳を傾けた。

「だから俺は好きにしてたんだが、それがじいさんには気に入らなかった。……父さんや兄さんにもいろいろと言われたな、出来損ないとか」

「そんな、辰巳は出来損ないなんかじゃないっ」

「……ありがとう。けど、あながち間違ってもいないんだ。好きに遊んでいたせいもあって、兄さんほど一流の大学には行かなかった。行きたいと望んでなかったから、当然なんだが……それも彼らの気に障《さわ》るらしい。鳳家の穀潰《ごくつぶ》しでいる気なのか、って……」

「ひどい……」

辰巳は淡々と話すが、燕は怒りで身体が震えた。家族なのに彼を傷つけていることに腹が立つ。

「いいんだよ。俺は気にしてないからな。けど、子どものころはきつかった。ばあさんがいてくれたのが俺の救いだ」

「……その、おばあ様は？」

「亡くなったよ。俺が大学生のときに」

辰巳の祖母はおっとりとしたお嬢様だったらしい。夫の支えとなってきちんと家のことをこなしていたが、夫のやり方には疑問を持っていたそうだ。もっとも、祖父に対して非難めいたことは言わなかった。ただ、辰巳を可愛がってくれた。そして、家族の中での辰巳の状況を危惧《きぐ》して、高校卒業を機に家から出してくれたという。

「ばあさんと、あと母さんが俺を家の囲いから出してくれたんだ。と言っても、俺は世間知らずの坊ちゃんだったからな。森田さんがいろいろ教えてくれなかったらどうなってたか、わからない」

「社長？」

辰巳は大学に通いながらバーテンダーとしてバイトをしていて、そこに客として来た森田と出会ったと語った。そのときまだサラリーマンだった森田の話を聞いているうちに、仕事の助言をするようになった。そして気づけば一緒に仕事の真似事を始めていたそうだ。

だから辰巳は、森田の会社に入社した。自分たちで仕事をこなしていくのは楽しく、無我夢中で働いたという。

燕にはその姿が想像できた。辰巳は今も楽しそうに仕事をしている。そして彼が以前、森田を「分岐点にいた人」と話した意味を理解した。

森田がいたからこそ辰巳は、今も楽しく仕事をこなしているのだろう。

「会社が軌道に乗って落ち着きだしたころ、数年ぶりに兄さんから連絡が来たんだ。俺が森田さんの起業を手伝ったという噂を聞いたらしい。他人の仕事を手伝ってないで、実家の会社を支えろと言ってきた」

「え？　な、何それ!?　一度捨てたのに、使い勝手のいい道具に育ったから取り戻すみたい。それって物扱いじゃない！　家族には自分の近くにいてほしいって話じゃないの？」

「どうだろうな。……まぁ、兄弟仲が凄《すご》く悪いわけじゃないんだ。小さいころはあのじいさんと父さんから激しい叱責《しっせき》を受けると、お互いを慰《なぐさ》め合っていたしな」

頼れる兄と甘え上手な妹に挟まれ、仲よく育った燕には、よくわからない感覚だ。

「お兄さんには、辛く当たられなかったの？」

「そうだな、最近ではそうでもないが、それなりに辛辣《しんらつ》なことを言われたことはある。家を出てから知ったんだが、うちは普通じゃないんだよな。あの中で生き抜くには心を強く保たなきゃならない、人を攻撃しても、な。もしかしたら俺が兄さんや辰樹を苦しめていたかもしれないんだ。お互い様だよ」

「……辰巳がそれでいいなら私は何も言わないけれど……。でもこの先、あなたを傷つけようとする人がいたら、誰であろうと戦うからね！」

「はは、ありがとう。頼もしいな」

辰巳はただ嬉しそうに微笑んだ。燕は、辰巳が家柄を気にしていないのだと初めて納得した。彼は同じ場所に立っている。

「――それで、なんで今からご両親のところに行こうって話になるの？」

「じいさんや両親のことは避けて通れない。認めてもらう必要はなくても、邪魔されたくないからな。いずれはっきりさせなければならないなら、面倒くさいことを先に終わらせてしまおうって考えだ。――三時に行くと伝えてあるからよろしく頼む」

「ちょっ！　すぐ準備を始めなきゃ間に合わない……」

燕は早々に辰巳の話を切り上げて、支度にとりかかった。

クローゼットからシンプルでシックなワンピースを取りだす。化粧とアクセサリーも華美すぎないよう抑えたものにした。

辰巳は「普段着でも構わないよ」と言うが、無視をする。

許可はいらないと彼が言っても、きちんとしたい。普段着で行くなんて、火に油を注ぐようなものだ。

念入りに支度を終えて、燕は辰巳の車に乗り込み、まずはデパートへ向かった。そこでお菓子を購入してから改めて辰巳の実家へ向かう。

「手土産なんていらないんだが」

「そういうわけにはいかないの」

菓子折り一つでどうなるものでもないが、少しでも隙をみせたくない。礼儀をわきまえない娘だと言われるリスクを下げたい。家柄の釣り合いがとれないことと、辰巳のパートナーとして頼りないと思われることは違うのだ。

けれど、辰巳の実家を前にした燕は口をあんぐりと開けることになる。

「……うわぁ」

「なんだそのドン引きしたような声は」

燕の声に辰巳が呆れた声を返した。

そう言われても、一般庶民がこの豪邸を見たら、変な声も出る。

辰巳の実家はいわゆる高級住宅街の一等地にあるお屋敷だった。

車がゆうに五台は停められるカースペースに、ベンチとテーブルが置かれた広々とした庭、大きな窓からはひらひらと揺れる白いレースのカーテンが見える。

恐る恐る入った家の中も、いたるところに綺麗な装飾品が置かれ、どこもかしこも磨き上げられていた。

燕は、はしたないと知りつつも、辺りをきょろきょろと見回す。

――やっぱり住む世界が違う。

正直、そう思って怖《お》じ気《け》づく。

けれど、昨夜、彼を受け入れると決めたのは燕だ。彼が進む道を一緒に歩みたいと思う。

小さく自分の手を握りしめ、気合を入れ直す。

玄関で二人を迎え、部屋に案内してくれたのは、この家に古くからいるお手伝いさんだった。辰巳が小さいころからいるらしいその人に、彼が菓子折りを渡す。

「これ、燕から」

「まぁまぁ、ありがとうございます。後でお茶請けに出させていただきますね」

彼女は応接間の前で立ち止まり、燕たちを中に促《うなが》すと、踵《きびす》を返した。

通された部屋で、二人は隣同士にソファーへ座る。少しすると辰巳の両親と祖父が入ってきた。

辰巳と共に立ち上がり、お辞儀をする。

辰巳の祖父は一人、悠々と上座のソファーに座り、両親はその横――辰巳たちの正面に腰を下ろした。すぐに先ほどのお手伝いさんが紅茶とお茶請けを持ってくる。

それが落ち着くと、辰巳の祖父が燕を一瞥《いちべつ》してから口を開いた。

「それで？　今日はなんのために来たんだ？」

「恋人の紹介を、と思いまして。昨日挨拶するつもりだったのですが、慌ただしくて機会がなかったので、今日改めました」

「恋人？」

辰巳の祖父がじろりと燕をにらむ。

燕は腰が引けそうになるのを我慢して、笑みを浮かべた。それなりの年月秘書をしているのだ、このぐらいなんてことはない。

「ふん、お前にはしかるべき相手を用意する」

辰巳の祖父は、孫の言葉を歯牙《しが》にもかけず言い放つ。辰巳は静かにそれに反論した。

「断る。俺はじいさんたちの所有物じゃない。今日は紹介をしにきただけであって、承諾を貰いにきたわけではない」

「なら、紹介する理由はないだろ」

怪訝《けげん》な顔になった辰巳の祖父の声色は、淡々としている。話を横で聞いている辰巳の両親も、特に思うところがあるようには見えなかった。

彼らはそれほど辰巳に関心がないのだろうか。

「いや、俺は好きなように生きると伝えにきただけだ」

辰巳がそう言うと、初めて辰巳の祖父が顔色を変えた。

「……辰巳、それは家と縁を切るということか？」

「そうだ。そもそも縁なんてないようなもんだったからな」

淡々と告げられた辰巳の言葉に燕のほうが動揺した。

まさか「決着をつける」の意味が、家との縁を切るということだとは思ってもいなかった。

ただ単に自分を安心させるために、家族に宣言してくれるだけだと考えていたのだ。辰巳は家族との和解や親しい付き合いを望んでいるわけではない。それでも互いに距離をとって細く繋がっているのと、本当に縁を切るのとでは、相当な違いがある。

それなのに、彼は決めてしまった。

何か言葉を挟みたくても、適切な言葉が思いつかない。

内心では、どうしてこうなっているのか混乱しつつも、燕はただ黙って紅茶を飲む。

ふと気になって、それとなく辰巳の母を観察する。

彼女は辰巳のことを案じているはずだ。

思った通り、彼女も表情をなくして紅茶を飲んでいた。カップを持つその指先が震えている。

それを見た燕は、切ない気持ちになった。

「とにかく、俺は金輪際《こんりんざい》このうちとはかかわるつもりはない」

そう言う辰巳の袖口を、意を決して掴む。

「辰巳、少し落ち着いて」

とにかくこういったときには冷静でなくてはならない。

「……すまん」

彼は表には出していなかったものの、やはり興奮していたようだ。燕を振り返り、深く息をはいた。

言いたいことが伝わったようで、燕は少しほっとする。辰巳が言葉を止めたことで、彼の祖父もまた、冷静さを取り戻したようだ。

「聞くが、どうしたらお前は満足するんだ？　何があれば、この家との縁を切らない？」

「……俺の人生に口出しをしないでくれればそれでいい。俺が誰と結婚してどこで仕事をしようと、邪魔をせずに。俺は自立した人間なんだと理解してほしい」

「お前は頭の回転は悪くないのに、欲がないな」

辰巳の祖父は盛大なため息をついた。

結局辰巳の祖父は、辰巳に干渉しないとは約束しないまま席を立つ。辰巳の両親もそれに続く。

燕は最後まで辰巳の両親の声を一度も聞けないままだ。彼らが燕をどう思っているのかも曖昧《あいまい》なことに変わりがない。

それでも、これでこの訪問は終わりだ。燕は辰巳を労《ねぎら》うように、背を優しく撫《な》でた。

「大丈夫……、ではないね。お疲れ様」

「あぁ……家族とは仲よくしたほうがいいとか言いださないでくれて、ありがとう」

「どういたしまして。その家、その家で、家族の形態は違うもの。恋人であったとしても、他人が口を出せることではないよ。辰巳が家族と親しく付き合いたいと思ってるなら手伝うけど、そうじゃなければ勝手なことなんてしない」

「俺は、燕のそういうところがとても好きだよ」

「ふふ、惚《ほ》れ直した？」

「惚《ほ》れ直した。……帰るか」

辰巳がソファーから立ち上がったので、燕も同じように立ち上がる。そして彼の腕に自分の腕を絡《から》ませた。

「仕方がない、私が美味しいご飯奢《おご》ってあげましょう」

「いいな。そうだ、高級寿司とかどうだ？」

「殴るよ。お寿司は普通のです、普通の！」

二人で玄関まで行き、燕がパンプスを履いていると、お手伝いさんがこちらへとやってきた。

「辰巳さん！」

慌てた口調で辰巳を呼ぶ。

「どうしたんですか？」

「こちら、奥様からです」

「……そう」

差しだされた紙袋を、辰巳は黙って受け取った。

思えば、辰巳の母はとても複雑な立ち位置だ。息子を大事にしたくても、この家では旦那や舅《しゅうと》に逆らうのは厳しいだろう。

燕は辰巳の横で黙って頭を下げる。

そして辰巳の実家を出て車に向かった。帰りは燕が運転席に座る。

「いつもと逆だと不思議な気持ちだな」

「私だって免許持ってるんだから。ほとんどペーパーだけど」

「事故るなよ」

「プレッシャーだからやめて」

辰巳の肩をパシンと叩いてから、車を発車させる。

しばらく燕が運転に集中していると、辰巳が聞かせるともなく呟《つぶや》いた。

「俺は多分、お互いを思い合う家族を羨《うらや》ましいと思ってる」

燕は視線を前に向けたまま、静かにそれに耳を傾けた。

「燕は家族を大事にしているんだよな」

「まぁ、ね。母さんはもちろん兄さんも妹も大切だよ」

それは燕にとっては普通のことだ。けれど、辰巳にとっては違うのだろう。

「前にさ、燕が妹に頼まれごとをしたって、文句を言いながら笑ってたことがあるだろ」

「……いつのこと？　兄さんや妹の無茶ぶりは日常茶飯事《にちじょうさはんじ》すぎて、どれだかわからない」

「確か、フェレットがどうとか言ってたな」

「あー、あのときか。……妹が仕事でどうしても家に帰れそうにないから、自分の代わりに餌《えさ》をやってくれって頼まれたの。あの子も一人暮らしだから仕方ないけど、いつも急なのよね。私に夜の予定があるわけがない、って信じてるんだから」

こちらの都合を無視する妹にため息をついてしまうが、泣きそうな声で頼まれると断れない。特別仲よしというつもりはないが、それなりに妹は可愛い。

「俺は、家族を当たり前に大切だと言える燕に惹かれるんだ」

辰巳の静かな声が燕の心に突き刺さる。

「っつ、もう！　運転中に言わないでよ。事故る……！」

「はは、悪い。でも俺の素直な気持ちだよ」

「……ありがとう」

少しだけ前がぼやけそうになって、燕は慌てて目尻を拭《ふ》いた。運転中でなければ、抱きつくぐらいはしたかもしれない。

いや、可愛くない自分のことなので、結局しないかもしれないが……

燕は自分の感情を誤魔化すように、再び運転に集中した。そのまま安くて美味しいお寿司屋へ寄った後、辰巳のうちへ帰宅する。

辰巳のマンションにつくと、彼は母親から渡された紙袋を乱雑にテーブルに置いた。

辰巳は辰巳でやはり複雑なのだろう。

「風呂沸かしてくる、悪いけど燕が片付けておいて」

彼はその袋の中身を確かめもしないで、風呂場のほうへ去っていった。

「はい、はーい」

燕はその背中を見送りながらテーブルに置かれた紙袋を手にとり、中身を見る。

すると【燕さんへ】と書かれた紙がひらりと落ちた。開いてみると、一言、【辰巳をよろしくお願いします】と綴《つづ》られている。そして、彼女の連絡先と思われるものが記載されていた。

燕は逡巡《しゅんじゅん》してからスマホにその連絡先を登録する。

——この連絡先をいつか使う日が来るのだろうか。

そう思いながら、改めて袋の中を確認した。

プラスチック製の密閉容器に入った惣菜が何種類かと、紅茶の葉の缶が入っている。

それらを片付けていると、辰巳がリビングへ戻ってきた。

「何が入ってた?」

「おかずの入ったプラスチック容器と紅茶の缶」

燕が紅茶の缶を振ってみせると、彼は冷蔵庫に行ってプラスチック容器の中身を眺めた。

「……昔俺が好きだったやつばっかだ」

辰巳が小さく呟《つぶや》きながら容器を一つ開け、そこに入っていたアジの南蛮漬《なんばんづ》けを口の中に放り込む。

「美味しい?」

「ああ。相変わらずうまいよ」

燕は辰巳の背中をぽんぽんと叩いた。そして、彼のクローゼットに置いていた自分のパジャマを取りにいく。するとついてきていた辰巳に後ろから抱きしめられた。

「もう、動きにくいってば」

「一緒に風呂入るか?」

「明日は仕事だから駄目。昨日もしたしね」

「……お預け、か」

彼がつまらなそうに呟《つぶや》いた瞬間にピーピーとお風呂が沸いた音がする。

燕は彼に下着とパジャマを渡して、風呂に向かわせた。彼が風呂に入っている間に明日の朝食の準備を済ませる。

このマンションに来た回数は二桁を超えた。調理道具やお皿などの置き場所はもう把握してしまっている。この家のキッチンは自分の家のものより使い勝手がよくて、お気に入りだ。

しばらくすると、辰巳が風呂から出てきた。

続いて燕もさっと入り、寝る支度を済ませる。そして辰巳の部屋にある大きなベッドに寝転がった。

「辰巳って、くっついて寝るの好きだよね。こんなにスペース余ってるのに」

「燕を抱きしめてると安心するんだ」

「安眠剤になれて嬉しいデス。ほら、明日も早いんだからさっさと寝よう。……今日は疲れてるでしょ？」

辰巳が燕の頭に顎《あご》をぐりぐりと擦《こす》り付け、静かに眠りにつく。そんな辰巳の背中を優しく撫《な》でながら燕も目を閉じた。

燕が辰巳の実家に行ってから約一週間後の金曜日。

暦《こよみ》の上で夏は終わりの時期ではあるが、日差しは変わらずに強い。そのきつい日差しの中を燕は辰巳のマンションに向かう予定だ。

一昨日から辰巳が出張に行っているので、燕は少し寂しい。たかだか二日程度だというのになんだか隣の空間に穴があいているような気がするのだ。

その彼が今日帰ってくるため、部屋で待っていようとうきうきとした気持ちで歩を進める。

ところが、会社を出てすぐの場所で突然、腕を掴まれた。

「きゃー」

思わず悲鳴を上げそうになるが、口を塞《ふさ》がれた。

「んー！　んー！」

「叫ばないでくれ」

燕の口を覆《おお》っているのは、辰巳の兄だった。

「手を離すけど、叫びも逃げもしないでくれ。頼む」

彼の言葉に、燕がこくこくと頷いてみせると、ゆっくりと手を外される。

燕は大きく息を吸いながら、まじまじと辰巳の兄を見据えた。

やはり似ている。

辰巳とは目の形がそっくりで、一目で兄弟だとわかる。辰巳も辰巳の兄もどちらかというと父親似だ。

「突然悪いな。辰巳が電話に出ないしメールも返さないから、ここで待ち伏せしてたんだ。いつごろ帰宅するか知らないか?」

辰巳の兄は焦ったように、燕に聞いた。

「辰巳は今出張中なので、会社から出てくることはありませんよ」

「そうか……、まいったな。マンションまで押しかけるしかないか……」

腕を組んで思案顔で悩む辰巳の兄を見ていると、一緒にマンションに行きますかと言いたくなる。けれどそんなことをすれば、辰巳が怒るだろう。

「私は用事あるので、これで失礼します」

さっさと逃げようと頭を下げるも、兄は食い下がる。

「用事って?」

「……あなたには関係ないことです」

「辰巳と会うんだろ」

「っそ、それは……」

言い当てられ、言葉に詰《つ》まってしまう。そんな燕を辰巳の兄は冷《さ》めた目で見た。

「君は嘘が苦手なようだな。それで辰巳の恋人が務まるのか?」

「嘘がうまくなりたいとは思ってません。辰巳はそんな私がいいと言っているので、ご心配なく」

「そうか、余計なことだったな。けれど待ってくれ、辰巳と話がしたいんだ」

必死の形相《ぎょうそう》に燕はため息をつく。

その顔には弱い。なにせ、辰巳の顔にそっくりだ。

「……本人に聞いてみます」

燕はスマホを取りだして、辰巳に何時ごろに自宅に戻るのか、辰巳の兄が会社の近くまで来ていて話がしたいと言っているとメールした。

すると、すぐに電話が返ってきて、辰巳が焦ったように一気に捲《まく》し立てた。

『もしもし？　燕？　無事か？　兄さんに何かされてないか？』

「特に何もされてないから落ち着いて」

その言葉を聞いた辰巳の兄が眉をほんの少し上げ、「何もしないって」と呆れる。

「連絡した通り、お兄さん、辰巳と話したいみたいだよ。話す気があるなら駅前のファミレスにでもいるけど、どうする？」

『……逃げても意味はないな。わかった。さっきこっちについたから、そっちのファミレスに行くのは三十分後ってところだ』

「わかった」

燕はスマホの通話ボタンを切って、辰巳の兄へ向き直る。

「ファミレスですけど、いいですか？」

「ありがとう。助かったよ」

ホッとした表情になった彼を連れて、駅前のファミレスへ入った。

「鳳さん、ファミレスへ来たことありますか？」

ものめずらしげに店内を見回していた辰巳の兄に聞いてみる。

「いや、存在は知っているが入ったのは初めてだ」

兄の答えは予想通りだった。

彼は筋金入りのお坊ちゃまなのだろう。

辰巳は早くに家を出ていたせいか、ファミレスにも行くし、コンビニもよく利用している。けれど、あんな大きな家で育ち、その機会に恵まれなければ、こういう場所とは無縁になってしまうのかもしれない。

燕は丁寧にファミレスの使い方を説明した。

「メニューの中から食べたいものを選んだら、机の上にあるボタンを押して店員を呼びます」

「なるほどな。ボタンで呼ぶことで人員を減らしているのか」

「ずっとフロアに立ってお客さんの動向を見ていられませんからね。それで、来た店員に食べたいものを注文するんです」

「会計は？」

「出入り口のところにレジがあるのがわかりますか？　お店を出るときに、そこで会計できます」

「カードは使えるのか？」

「使えるところと使えないところがありますねぇ」

辰巳の兄は、いろいろと気になるらしく、店内を眺めたりメニューを隅々まで見たりしている。

燕にしてみれば代わり映えのないメニュー表なのだが、彼はどこか楽しそうだ。

「写真があるというのがいいな。想像がしやすい」

「文字だけだとどんな料理かわからないものもありますからね。何か食べたいものは決まりました？」

「いや、メニューが多くて選べない」

「この後、予定がないなら夕飯を食べてしまってもいいと思いますよ。もしきちんとした食事を避けたいのでしたら、サイドメニューかデザートにしてはどうですか？」

結局、燕はフライドポテトとドリンクバー、辰巳の兄は抹茶《まっちゃ》ソフトとドリンクバーを頼んだ。

ドリンクバーも初めてだったようで、彼はなんだかちょっとはしゃいでいるように見える。

この間会ったときの印象はあまりよくなかったが、燕は辰巳の兄に少し好感が持てた。

注文したポテトと抹茶《まっちゃ》ソフトを食べていると、辰巳がファミレスに到着する。それに気がついた燕は、彼に手を振った。

「燕、お待たせ」

「おかえり」

「ただいま。本当は家でこの台詞《せりふ》が言いたかったんだがな」

そんな嫌味を吐きながら、辰巳が燕の隣に腰を下ろす。燕が食べていたポテトを一本、彼女の手ごと掴んで口の中に放り込んだ。

「それで？　兄さんはいったいなんの用なんだ」

辰巳の兄は、辰巳の態度には何も言わず、さっさと用件を切りだす。

「再来週、母さんの誕生日なのは知ってるだろ？」

「……一応」

「いつものごとくホテルでパーティーをするそうだ」

燕の前にもかかわらず、彼らは内輪の話を始めてしまい、なんだか居心地が悪い。

それにしても、誕生パーティーをホテルでなんて、豪勢な話だ。燕はただ感嘆するが、辰巳の声は冷たい。

「それで？」

「参加してほしい」

「断る。母さんに恨みがあるわけではないが、もうあのうちとかかわるつもりはない」

「辰巳……頼むよ」

「頼まれても困る。そもそもなんで兄さんがそんなことを言いだすんだ。母さんに頼まれたのか？」

「いや、母さんはお前は参加しないだろうと思ってるよ。けど、来てほしいはずなんだ。これは、息子として俺の親孝行――あと、妻の影響だな」

まったくなんの話をしているのか理解ができず、燕はポテトを無心で食べる。やることがないので、食べては飲む。すると突然、辰巳の兄に話かけられた。

「えーっと、牧野《まきの》さん？　だったよな」

「牧瀬です」

辰巳の兄は少し申し訳なさそうな顔をした。

「この後、辰巳と二人で過ごす予定だったんだろう。邪魔してすまない。けど……俺は辰巳にひどいことをしてきた」

「その話は聞いています」

燕は視線に力をこめて、頷く。

「……そうだな。君たちにあまりよく思われていなくても仕方がない。だが、妻と結婚して意識が変わった。今は自分の父と祖父が端《はた》から見ればおかしいということを理解している。自分たちがそこまで特別な人間でないということも思い知った。……だから、罪滅ぼしがしたくて、辰巳を会社に迎え入れたいんだ。家の中に辰巳の居場所をきちんと作ってやりたい」

その声には誠実な響きがあるが、そんな兄の言葉を横から辰巳が撥《は》ね返す。

「それを俺は望んでない」

辰巳の兄は、穏《おだ》やかな表情を弟に向けた。

「そうだな。無理強《むりじ》いをすることではなかった」

辰巳の兄にも思うところがあるのだろう。普通に家族に囲まれて育った燕には、彼の言い分もわからなくはない。

だからというのも少しあるものの、それ以上に燕は辰巳をここから解放してあげたくなった。

「……辰巳は行きたくない、お兄さんは辰巳に参加してもらいたい。どっちも引く気はない、ということですよね」

燕が口を出すと辰巳は怪訝《けげん》な表情になる。

「燕?」

「では、条件付きにするのはどうですか?」

燕は思い切って、そう提案した。

「条件……とは」

辰巳の兄が燕を真っ直ぐ見る。

「たとえば、今回のパーティーに出れば今後いっさいパーティーの参加を求めないということで、どうでしょうか？　もちろんパーティーがあるのを知らせるのは構いませんが、参加するかどうかは辰巳が決めることで、強制しないこと……いかがですか？」

そう問うと、辰巳はすぐに承諾した。

「俺は燕の案でいい。今後参加を求めてこないならば、今回は参加しても構わない」

しばらく考え込んでいた兄も、結局は頷く。

「……そう、だな。そこが妥協点というところか」

ようやく話が纏《まと》まった。

「では、次回のパーティーに辰巳は参加するということで、辰巳もそれでいい？　約束は書面にして郵送しよう。お兄さんはサインして返送をお願いいたします」

秘書としての仕事の癖で、ついそう言ってしまった。

「兄弟間のことなのに書面にするのか？」

辰巳の兄が眉間《みけん》に皺《しわ》を寄せる。少しやりすぎたかと燕は思ったが、辰巳はそれを望んだ。

「いや、仕事だろうがプライベートだろうが口約束は往々にして破られる。兄さん頼めるか？」

「……わかった。辰巳がそう言うならパーティーの数日前までには届くようにする」

兄が頷いたのを見届けた辰巳が、伝票を持って立ち上がる。

「さて、帰ろうか」

燕はその後に続き、自分自身でお会計を済ませた。

それを見ていた辰巳の兄が驚いたように口を挟む。

「え!? 俺が全額、支払うよ」

「いえ、大丈夫です」

「なら、俺の分はどうすればいいんだ？」

「今回はいいです。四百円ですし」

「女性に奢《おご》らせるのはあまり……」

「普通のことですよ。私は働いていて、きちんとお給料を貰っています。もしどうしても気になるのでしたら、書類を返送する際にお菓子でも付けてください」

そう言うと、辰巳の兄は苦笑した。

「……わかった。ありがとう」

その表情はやっぱり辰巳に似ていて、燕は彼を憎みきれないと思った。

彼の背中を見送った後、燕は辰巳と手を繋いで辰巳のマンションへ帰った。

ダイニングルームのソファーに二人で落ち着き、ほっと息を吐きだす。

「あらためて、お帰り辰巳」

「ただいま。やっと一息つけるよ」

辰巳が燕の肩を抱き寄せ、頭に顎《あご》をすりすりと擦《こす》り付ける。そして髪の毛に鼻を突っ込んでその匂いを吸い込んだ。

「まだシャワー浴びてないから嗅《か》がないでっ」

「どうして？　凄《すご》くいい匂いがする。燕の匂いだ」

喜んでいいのか悪いのかよくわからない、微妙な気持ちだ。

辰巳の手が燕の服の裾から入り込んできて、お腹をさすさすと撫《な》でた。

「お腹も触らないの」

「なんで？　気持ちがいいのに」

「女性としては嬉しくない」

辰巳いわく、ぷにっとしているぐらいがちょうどいいらしいが、脂肪を掴まれ柔らかいとか気持ちがいいとか言われても、脂肪よ燃焼しろとしか思えない。それが無理なら胸に移動してほしい。

そんなことを考えながら、燕は彼の頭から頬へ指を滑らせ、その手を止める。辰巳の顔が間近にあって、二人で笑い合った。

それだけで、互いが相手にとって特別なんだと確信できる。

辰巳の唇が燕のこめかみを掠《かす》め、頬を通り耳へたどりつく。そして、耳たぶを唇ではむはむと挟んだ。さらには鼻先を耳の裏へ埋めて、また燕の匂いを吸い込む。

燕がそっと舌先を出すと、辰巳がその舌先を唇で挟んで吸う。

ぺろぺろと互いの舌を舐《な》め合って、唾液を交換した。

燕は導かれるまま辰巳の口内へ、舌を差し込む。頬裏や口蓋《こうがい》を舐《な》めて、彼の肉厚な舌に自分の舌を重ねた。

何度も唇を求め合い幸せな気持ちに浸《ひた》る。

今まで辰巳がいない状態で、どうやって生きてきたのかわからない。自分で自分が心配になってしまうほど、辰巳に溺《おぼ》れている。

いつかこの想いに溺死してしまったらどうしよう。

辰巳もそうであればいいのにと、燕は思った。

本当は、彼が違う世界の人なのではないかという不安は消えていない。

けれど、彼は自分の気持ちを決めている。だから燕は彼が進む道を応援するだけだ。

そしてそれ以上に、自分の弱さを乗り越えていかなければ。

結局彼とは離れられないのだ。だからこの先もずっと彼と一緒にいよう。

そっと抱きしめ合っていた身体を起こす。

「もうお風呂入って寝ようか」

「……したい」

小さい子が駄々をこねるような態度をとる辰巳。あまり感情が表に出ない人だったはずなのに、燕の目の前の彼は随分と表情豊かだ。

「だーめ、休息が先」

燕は優しく説得して、辰巳をベッドに向かわせた。今日は彼のほうが疲れたはずなのだ。

「燕も寝よう」

「うん。今行く」

二人でベッドに寝転がり、お互いの香りを感じながら眠りについた。


翌日の土曜日。

燕は辰巳と一緒にデパートに来ていた。再来週にある辰巳の母の誕生パーティーに着ていく服を購入するためだ。

彼とドレスを一緒に買いに来るのはこれで二度目だった。今回も燕は辰巳に連れられるままいろいろなブランドのお店に入っては、ドレスを着てみる。

どれもこれも素敵だと思うのだが、辰巳にとっては今ひとつのようで、次から次へと着せられた。

着せ替え人形になった気分だ。

最後に辰巳が選んだのは、裾にレースと造花がちりばめられたベージュとピンクのワンピースだった。

可愛らしいデザインに気後《きおく》れしたものの、着てみると意外にしっくりくる。燕は今日着た中で一番気に入った。辰巳を見ると、彼も満足そうに笑っている。

燕がフィッティングルームを出ると、すでに辰巳がそのドレスが包まれているであろう紙袋を受け取っていた。

「早くない!?」

「そうか？　燕もそれが気に入ったみたいだったし、俺も一番それが似合ってると思ったから買ったんだが」

「ううん、そうじゃなくて。自分のドレスなんだから自分で買うつもりだったのに」

「いいんだ。俺が着てほしいんだからな」

「すぐそうやって甘やかす……」

「甘やかしてるのか？」

辰巳が心底不思議そうな声を出す。

これが甘やかしていないのなら、どんな行為が甘やかしていると言えるのか。

だが買ってしまったものは仕方がない。代わりに自分が彼のものを買おう。

燕は辰巳を連れて、今度は彼が身につけるものを探すことにした。

さまざまなものを試着させ、彼に似合うシャツとネクタイを購入して、燕はようやく満足する。

辰巳は自分で買うと主張したが、それは許さなかった。

燕だってたまには恋人のものを買うという楽しみがほしい。

そんなふうにたくさんの買い物を終えて、その後は二人でゆっくりとした時間を過ごした。

週明けには辰巳の兄から高級菓子が届いた。どうやら例の四百円のお礼のようだ。

まさかこれほど高級な菓子が届くとは思ってもいなかった燕は驚いたが、せっかくなので会社の人に配りみんなで美味しくいただいた。

迎えた辰巳の母の誕生パーティー当日。

燕は自宅マンションでパーティーの準備をしていた。彼が選んだドレスを着て幸せな気分で美容院に向かう。

そうしてすべての準備を終えた後、辰巳と合流してタクシーで会場に乗り込んだ。

ホールだけでなく庭園も貸切にしたようで、外にも料理が並び、楽器を演奏する人たちがいる。

燕は小さな声で辰巳に尋ねた。

「毎年こんなパーティーをしてるの?」

「あぁ、名目は母さんの誕生日の祝いだが、男女の出会いの場という面があるんだ。昔、じいさんが名前を売るために始めたことだったらしいが、評判がいいんで今もまだ続けてる」

「なるほどね。だから若い人が多いんだ」

「各家の跡取りの相手を探す場所だからな。もちろん、顔繋ぎや仕事の取引のためでもある。ただ、この手のパーティーでは妙な探《さぐ》りを入れられるので、疲れるんだよ。俺には恋人がいるって、言ってるのにな……」

「大変だね。大丈夫、今日が終われば、もうそんな思いをしなくてすむよ」

「あぁ、そうなるよう、気合を入れていくよ」

辰巳がネクタイをぐっと締め直し、燕も呼吸を吐きだして胸を張る。そして辰巳にエスコートされながら会場へ入った。

ウェルカムドリンクを受け取り、近くの人間に軽く挨拶をして回る。すると、辰巳の兄が声をかけてきた。

「辰巳、来てくれたんだな。早速で悪いが少し手伝ってほしいことがある」

「……わかった。燕、一人で大丈夫か？」

辰巳は燕を気遣いながら頷く。

「大丈夫だよ。いってらっしゃい」

燕は手を振って辰巳を見送った。

今日のパーティーは立食形式で、テーブルの上にはさまざまな料理がおかれている。

燕はどれを食べようかと悩みながら、各テーブルを見て回る。

そうしているうちに辰巳の祖父が一人で立っていることに気づいた。さすがにそのまま通りすぎるわけにもいかず、そっと挨拶する。

「先日は突然お邪魔して申し訳ございませんでした。本日は辰巳さんのお母様のお誕生日おめでとうございます」

けれど、辰巳の祖父は横を向いたまま何も答えない。

自分が認めていない人間とは話もしてくれないということか。

燕は笑顔が引きつるのを必死で抑える。

そこへ、一人の男性が辰巳の祖父へと近づいてきた。辰巳の祖父は眉間《みけん》に皺《しわ》を寄せて相手を観察している。

燕は、秘書として同行したパーティーでこんな場面に何度も出くわしたことを思い出した。

悩んだ末、耳元で囁《ささや》く。

「四帖《しじょう》商事の烏丸《からすま》様です。最近、姪《めい》っ子さんがお生まれになりました」

辰巳の祖父は燕へちらりと視線を流してから、烏丸と会話を始めた。彼とは何度か仕事で顔を合わせたことがあったので、プロフィールを知っていたのだ。

その場を離れるタイミングを失ってしばらく近くで待機していると、今度は裕福そうな夫婦が近づいてくる。

燕はまた、そろりと辰巳の祖父へ近づいて、会話の邪魔にならないよう手短に彼らの簡単なプロフィールを告げた。

四人が話している間は少し離れた場所でシャンパンを飲む。緊張で、喉がカラカラになっていた。

ふいに、烏丸に話しかけられる。

「そういえば、牧瀬さんはどうしてここに？　いつもと雰囲気が違うけど……」

「はい。……その……ですね」

辰巳の祖父に認められていないのに、辰巳のパートナーとして参加していると伝えていいものか悩む。

燕が言いよどんでいると、辰巳の祖父が答えた。

「うちの孫のな……」

「あぁ、そういえば、話題になってましたな。彼女とはよく仕事関係の集まりで顔を合わせるんですよ。いつも真面目な仕事ぶりで、うちに来てほしいとずっと思ってたんですが、お孫さんとお付き合いされてるんじゃ無理ですなぁ」

「……そんな、買いかぶりすぎです」

烏丸の言葉以上に、辰巳の祖父が自分の存在を認めるような発言をしたことに燕は驚いた。

少しは自分に関心をもってくれたのだろうか。

茫然《ぼうぜん》としているうちに、彼らは会話を終えていた。彼らが解散すると同時に、待ちかねたように辰巳の友人がやってくる。

辰巳の祖父は、今度ははっきりと燕に尋ねた。

「あいつは？」

燕はすっと、小さな声で伝える。

「辰巳さんのご友人です。先日、ご結婚されたばかりとうかがってます」

辰巳の祖父は一つ頷いた。

辰巳の友人は祖父へ挨拶すると、燕にも話しかける。

「こんばんは。牧瀬さんとは先日のパーティー以来ですね」

「あのときは、きちんとご挨拶もできないままで、申し訳ございません」

「いいんですよ。あいつがあなたから離れず、周りの男を威嚇《いかく》してましたからね。あれでは誰も近づけない」

その言葉に燕は恥ずかしくなる。特に今は辰巳の祖父の前だ。

けれど辰巳の友人は、よほどそのときの辰巳の態度が面白かったのか、笑いながら話を続けた。

「あまり女性には興味がないのかと思っていましたが、あなたと一緒にいるのを見て安心しました」

辰巳の祖父は、それについては特に何も言わなかった。当たり障《さわ》りなく、二言三言、友人と会話する。

「――それでは、私はこれで。失礼いたします」

しばらくして、友人は軽く辰巳の祖父へ頭を下げ、その場を離れた。

燕はそれを機に自分もここから去ろうかと考える。けれど、突然、辰巳の祖父に話しかけられた。

「……お前さんといるとき、あやつは笑ってるのか？」

ぼそりと呟《つぶや》かれたその言葉に、戸惑《とまど》う。

どう答えるべきか一瞬迷い、燕は素直に答えることにした。

「はい、楽しそうにしてます」

「なるほどな」

辰巳の祖父が小さく笑った気がした。

確認しようと目を凝《こ》らしたとき、急に会場が暗くなり、辰巳を含めた三人の男性が大きなケーキを持って出てくる。そしてそれを彼の母の前へ差しだした。

手伝いとはこのことかと、燕は納得する。

辰巳の母はとても嬉しそうに笑っていた。

それを温かい気持ちで眺めていると、またも辰巳の祖父に尋ねられる。

「お前さんは、何も持っていない辰巳のどこがいい？」

今度の質問にはすぐに答えられた。

「彼はたくさんのものを持っています。人を愛する気持ちも誰かを大切にする気持ちも。そして自分の力で歩く強さを。私、彼と一緒にいると幸せなんです」

「……そうか。死んだ連れ合いも似たようなことを言っていたな」

辰巳の祖父は静かに頷いた。

彼の言う「何も持っていない」は、きっと地位や財産のことだ。辰巳は燕の会社の副社長だが、それは祖父にとっては価値のないものなのだろう。

けれど、燕にとって大事なものは地位でも財産でもない。

彼はたくさんのものを持っている——燕は本当にそう思っていた。だからこそ、あんなに彼と釣り合わないと苦しんだのだ。

ケーキを渡し終えた辰巳が燕を見つけ、こちらへやってきた。隣に祖父がいるのに気づき、微《かす》かに眉を寄せる。

「じいさん……」

けれど、祖父は辰巳を無視して燕に顔を向けた。

「……好きにするとええ。お前さん、こいつが嫌になったらさっさと次にいきなさい。お前さんにはそれだけの価値はある」

燕は思わず祖父に頭を下げた。

「ありがとうございます！　……でも、私は辰巳さんがいいので」

そう伝えると、辰巳の祖父は一笑して去ってしまった。

それを見た辰巳が、怪訝《けげん》な顔になる。

「……燕、君は何をしたんだ？」

「特に何かしたつもりはないけど、秘書みたいなことをしてた」

「そうか。よくわからないが、なんにしろ認めてくれたってことだな」

「多分。おじいさんの言葉って、私には辰巳以上のスパダリを捕まえる価値があるってことだよね」

「スパダリってなんだ？」

「スーパーダーリンの略。内容は……自分で調べてみてね」

とはいえ、燕にとって誰よりもいい男なのは、辰巳だ。他の人のところに行く予定などない。

いい気分で笑っていると、辰巳に促《うなが》される。

「今日はもう帰るか。義務は果たしたからな」

「そうだね。気分爽快《そうかい》で帰れる！」

燕は辰巳と手を繋ぎながら歩きだした。

なんとなく遠回りしたかったので、川沿いをゆっくり歩く。ふと川の反対側のホテルが目に入った。

「ねぇ、行こっか」

「行くってどこにだ？」

「んー、いいところ？」

燕は辰巳の腕を取りホテルへ向かう。

辰巳は燕の突然の行動に戸惑《とまど》っていたようだが、積極的な誘いだとわかると臨戦態勢になる。

二人は空いていた丸いベッドの部屋を選び、いそいそとエレベーターに乗り込んだ。

部屋に入った燕は、ベッドを見て叫ぶ。

「丸い、ベッドが丸い。漫画でしか見たことがない」

「漫画ですら見たことがな――」

燕は辰巳の唇を自分の唇で塞《ふさ》ぐ。

彼はいかにもな造りのラブホテルに少し引いていたが、燕は楽しくなってしまった。

鞄とコートを放り投げて丸いベッドにダイブをする。

ふかふかで気持ちがいい。

ベッドの横にはボタンがあり、そこを押すと照明の色が変わる。赤やピンクなどの派手な色合いがなんともエッチな感じを醸《かも》しだす。

燕は他にもボタンがないか探した。

「カラオケセットはないのかな」

「カラオケなんかあるのか？」

「定番なんだけど……、特になさそう」

つまらない。せっかくなのだから定番といわれる設備が本当にあるのか、確認したかったのに。

いつか、貝殻の形をしたベッドやプールがあるラブホテルに行ってみたい、と燕は考える。

燕はベッドの真ん中で脚を組み、興味深そうに部屋を物色している辰巳を見やった。その視線に気がついたのか、彼がこちらをじっと見つめてくる。

「脱がして」

燕がそう言うと、目を丸くした。

「燕、酔ってるのか？」

「全然、酔ってるつもりはない」

ただ、気分がよかった。だからこそ彼と身体を重ねたい。

辰巳が燕の太腿を撫《な》でながらガーターストッキングの留め具に触れる。けれど、そこで手を止めた。

「どうしたの？」

「どうなってるのか見たい。見せて」

彼の要望通り、燕はベッドの上で膝立ちになりゆっくりとドレスの裾を持ち上げる。

そこからレースの施《ほどこ》された黒いガーターストッキングがのぞいた。

辰巳が喉を鳴らす。どうやら気に入ったようで、厭《いや》らしく燕の太腿を撫《な》でた。

改めて留め具を外すと、自由になった紐がゆらゆらと揺れる。

辰巳が燕のストッキングをゆっくりと脱がしていく。

彼の唇が燕の足先に触れ、ちゅ、ちゅ、と足の指にキスをした。

くすぐったくて、燕は足を引っ込めようとする。けれど、力強く足を握られていて、動かすことができない。

燕は少し力がゆるんだ隙に急いで足を抜いて、辰巳に背中を向ける。

「こっちも」

そう促《うなが》すと、深みのある声が返される。

「仰《おお》せのままに」

ゆっくりとドレスのファスナーが下ろされた。その後を追って、彼の唇と舌が背中をたどる。ファスナーが開けば開くほどに、彼の唇も下へ移動する。

ついにパサッとドレスが脱げた。

燕は身体を動かして、ドレスの中から出る。後はもうキャミソールと下着のみだ。

ふと見ると、辰巳はいまだにジャケットすら脱いでいない。

燕はムッとして、彼のジャケットに手をかけた。

「脱がしてくれるのか？」

彼が口角を上げて意地悪そうに笑う。

「自分で脱げないみたいだから」

「燕に脱がしてもらいたいんだよ」

「わがままな人」

燕は器用に彼のシャツのボタンを外していった。インナーを捲《まく》り上げ、引きしまった肌に唇を寄せる。

ちゅうっと少し強く吸うと、痕《あと》ができた。

どこからどう見ても、所有の証《あかし》だ。

我慢できなかったのか、辰巳が自分でシャツとインナーを脱ぐ。

燕は自分も残っていたキャミソールを脱ごうとして、そこで手が止まった。

このままでは傷が見られてしまう。

まだ心を決められない燕は、ベッドについたボタンを押し、部屋を暗くした。

辰巳は何も言わずにいてくれる。こうやって優しく待ってくれる彼を信用したいと、心から思う。

もう少しだけ待っていてと、願いを込めて燕は辰巳の身体に唇で触れた。

彼に跨《また》がって、その下唇を自分の唇で挟む。舌を絡《から》ませながら、彼を押し倒した。

「今日は大胆だな」

「嫌？」

「大歓迎だ」

辰巳の手が燕の背中を撫《な》でる。うっとりとした気分でいると、身体を反転させられて、彼にのしかかられた。

彼の瞳にはきっと情欲の炎が灯《とも》っている。

彼に火をつけられたことが嬉しくてたまらない。

辰巳の唇が燕の喉を捕らえた。かぷっと軽く甘噛みし、舌でぺろぺろと舐《な》める。そして彼の唇はそのまま下りていき、胸にさしかかった。

さらに、両胸をぐにぐにと揉み、刺激で尖《とが》りだした頂《いただき》を指で擦《こす》る。挟んで押しつぶし、散々に嬲《なぶ》った。

燕はそのたびに、甘い声を漏《も》らす。

「ん、あぁ、あっ」

「燕の身体は敏感だから、弄《いじ》ってやるとすぐに反応する」

「そ、そんなことっ、んんぁあ、あ、あんっ」

胸の頂《いただき》を舌で舐《な》められちゅぱっと吸われた。胸が唾液に濡れ、卑猥《ひわい》さが増す。

舌で何度も嬲《なぶ》られて、燕は下腹部が切なくなった。されるがままになりながら、太腿をすり合わせる。

辰巳の唇が胸からふいに離れて、臍《へそ》へ向かった。そこにはあの傷がある。

燕はびくっと身体を跳ねさせる。ぐっと肩を押して彼を中断させた。

身体を反転させて頭を辰巳の下半身へ向ける。引きしまったお腹を両手でゆっくり触ると、彼から熱い息が漏《も》れた。

ボクサーパンツから窮屈《きゅうくつ》そうに亀頭が少しだけ出ている。

もうこんなに興奮しているのかと思うと愛しい。

燕がボクサーパンツをずらすと、ぶるんっと勢いよく肉棒が出た。その肉棒に軽く触り、鈴口を刺激する。そして竿《さお》を掌《てのひら》で包んでその熱い塊《かたまり》を舌で愛撫した。

すぐに辰巳の手で腰をぐっと持ち上げられ、燕は四つん這《ば》いの状態になる。

彼の目の前に秘処がさらされた状態だ。

「辰巳っ」

「俺のを舐《な》めてくれてるんだから、お返ししないとな」

辰巳が嬉しそうに言い、燕の陰唇を親指で左右に開いた。

そこからぽたりと愛液が零《こぼ》れる。

あまりの恥ずかしさに燕はうめいた。もう何も考えたくなくて、口の中に入りきらない太い熱棒を、一生懸命咥《くわ》え込む。

「は、こん、燕っ」

口をすぼめて吸ってみたり、竿《さお》部分をべろりと舐《な》めたりしていくと、辰巳が指で花芯を捕らえ、その舌を膣内へ入れた。ぬぽぬぽと舌を浅い部分で出入りさせながら、花芯を爪ではじく。その刺激に燕の腰が跳ねた。

お返しに燕は亀頭のへこみに軽く歯を立てる。すると口の中の肉茎が暴れ、口から外れた。

塞《ふさ》ぐものがなくなった口から嬌声《きょうせい》が漏《も》れる。

「ひぅっ、あ、あん、あぁあ、あぁあ、あんんっつ」

辰巳が花芯を咥《くわ》え込んで、舌で嬲《なぶ》った。

その刺激から腰を逃がそうとした燕だが、がっちりと手で固定されてしまう。しばらく快感に翻弄《ほんろう》され続けた。

やがて身体が解放される。

燕は自分が用意していた避妊具を鞄から出すと、くるくると彼の熱棒につけた。そして、先ほどと同じように辰巳のお腹部分に跨《また》がる。

すっと彼の胸に指を這《は》わせた。

脂肪がついた自分のそれと違って、辰巳の胸はとても硬い。触り心地がいいとは言えないのに、たまらない気分になる。

肉茎に秘処をくっつけて、燕は自《みずか》ら腰を動かした。

「ん、ん、あんっ」

「つ、ばめっ、焦《じ》らすなっ」

彼の屹立《きつりつ》した太い肉茎が愛液で滑る。膣内に挿入してあげようと思うのだが、花芯に当たるのが気持ちがよくて、腰を止められない。

それでもどうにか手を添えて、自身の膣内へ招き入れた。

ぐぷっと淫猥《いんわい》な音を立てながら、それが挿入されていく。相変わらずの圧迫感が、快感に変わる。

燕は彼と自分の掌《てのひら》を合わせた。指を絡《から》めて、腰を振る。

いつもと違う体位のせいか、身体がいつにも増して熱い。

髪の毛を振り乱しながら、燕は快楽に呑み込まれていった。恍惚《こうこつ》として辰巳の肉棒を堪能《たんのう》する。

やがて、快感に痺《しび》れた身体が力を失い、燕は上半身をくたっと辰巳にくっつけた。

彼は解放された両手で燕のお尻を掴むと、下からぐちゅんぐちゅんと突き上げる。

「うぐっ、ん、んぁ、あ、んっ、んんっ、あぁあん、ああっ」

「はぁ、はっ、燕っ、気持ちいいか？」

「うん、んっ、気持ちよくて頭、おかしくなりそう」

「俺もだっ、燕の中に挿《い》れると気持ちがよすぎてすぐに出したくなる」

彼の荒い息が耳に届く。それだけで脳髄は蕩《とろ》けていった。

緩急をつけながら何度も穿《うが》たれた燕の身体は、絶頂に向けて加速する。迫《せ》り上がってくる快感に追い詰《つ》められていった。

すっと一筋、燕の目尻から涙が零《こぼ》れる。全身がびくびくと痙攣《けいれん》した。

燕は彼の肩口に爪を立てる。唇からは唾液が流れ落ち、涙と唾液で顔がぐちゃぐちゃだ。

はしたないし、恥ずかしいと思うのに、この悦楽から逃れられない。

燕の意思とは関係なく、膣内が射精を促《うなが》すみたいに蠢《うごめ》く。

応えるように辰巳が燕のお尻を撫《な》でて、また突き上げ始めた。

燕は頭を左右に振る。もう駄目だと訴えているのに、彼の動きは激しくなっていくばかり。

ふいに辰巳が身体を起こし、燕を押し倒してさらに腰を突き入れた。ぱちゅんぱちゅんと膣内を何度も穿《うが》ち、最奥を刺激する。

燕の頬を優しく撫《な》でながら、腰の動きを速めると、さらにぐっと身体に押し付けた。

しばらくすると、辰巳が燕の上へ倒れ込む。

「凄《すご》い出た」

「もう、その報告いらない」

「そうか？　それだけ気持ちがよかったという意味だったんだが」

「わかってるけど、恥ずかしいの！」

そんなことを報告されても恥ずかしさで戸惑《とまど》うだけだ。

やがて辰巳が燕の中から出ていき、避妊具の処理をする。そのままベッドへ戻ってきて、燕を抱きしめた。

「起きたら風呂に入って帰ろうか」

「うん」

「燕、今日は本当にありがとう」

「どういたしまして」

辰巳が頭を優しく撫《な》でてくれるので、燕はだんだんとまどろみ始めてしまう。

「――ずっとそばにいてくれ」

途切れそうになる意識の中で、彼がそう言った気がする。燕は満面の笑みを浮かべながら頷いてみせた。

第五章　瑞鳥《ずいちょう》

辰巳の祖父に認めてもらうことができてから、数日。

燕は会社帰りにスーパーに寄って買い物をしていた。最近辰巳の家で過ごすことが多くなり、日常品のほとんどが二つ必要になっている。

経済的にはそれなりに問題だが、引っ越すのは躊躇《ためら》われた。さすがにそこまでは思いきれない。

少し買い込みすぎて重くなってしまった袋を両手に持ちながら、燕はふらふらと自宅マンションに向かって歩く。

今日は冷蔵庫にあるものの処理もしなければ。

ため息をついて、荷物を持ち直すと、ふと、視線を感じた。

いつものあの視線だ。

けれど、辺りを見回しても、こちらを見ている人などいない。

「やっぱり……気のせい？」

それにしてはこんなことが多すぎる気がした。もやもやとしながら、自宅に戻った。

（勘違いでも、辰巳に相談するべきかなぁ）

買ってきたものを片付け、冷蔵庫の中も掃除する。

「肉も野菜もあらかた使いきったかな？　あとは冷凍しておくか……」

ぶつぶつと独り言を呟《つぶや》いていると、インターホンが鳴った。急いで確認する。

「はい」

『燕。俺だ』

「辰巳？　今、開ける」

連絡もなしにくるなんて珍しいと思い、スマホを確認すると、一時間ほど前に【今から燕の家に行ってもいいか？】という連絡が入っていた。返信がなかったため、直接来たようだ。

もう一度インターホンが鳴り、燕は玄関の扉を開けた。

「いらっしゃい。連絡気づかなかったの、ごめん」

「いや、いいんだ。こっちこそ勝手に来て悪い」

「辰巳ならいつでも歓迎だよ。ご飯ちょうどあるけど、食べる？」

「ぜひ、ごちそうになりたいな」

辰巳は微《かす》かに笑った。

二人は、一緒に夕食を食べることにした。辰巳に手伝ってもらい、食卓を整える。

「それにしても、今日はどうしたの？」

「どうしたって、何がだ？」

「何がって、急に来たいなんて」

「燕に会いたかったっていう理由以外は、特にない」

「毎日会社でも会ってるのに」

「いつだって会いたいんだ」

燕は「もう」と一言呟《つぶや》いて、ご飯を口の中に放り込んだ。

嬉しくてにやけるのを必死で我慢する。

会社でも、帰宅してからも一緒という日々が続いているのにあきない。二人でいるのが自然すぎる。一緒にいて苦しくないというのは、二人で生きていく理由になるだろうか。

食事の片付けをし、辰巳がお風呂に入っている間に着替える。ふと、鏡に映る自分の姿が目に入った。

その腰には変わらず傷が存在している。

燕の心は一瞬震えた。そっとその傷に手を滑らせる。

「いい加減、話さないといけないな。……辰巳なら絶対、大丈夫だもの」

二人で生きていきたいのなら、これは乗り越えないといけないことだ。燕は自分の心を励ました。

穏《おだ》やかな日々を過ごした、その週の金曜日。

燕は辰巳と共に彼の友達が経営している焼き鳥専門店で夕食を食べてから、帰路についた。お店を出て、二人で歩きだす。

駅から少し離れた路地裏には、あまり人がいない。

二人でこの後どうするか話をしていると、また視線を感じる。

うなじにチリッとした痛みが走った気がして、燕は勢いよく振り返った。

「どうした？」

「ううん、なんでもない」

怪訝《けげん》そうに辰巳に聞かれ、燕は首を横に振る。

よく見かけるあの女性がちらっと見えたような気がするが、さすがに見間違いだろう。

再び歩きだすと、後ろからカツンというパンプスの音が聞こえた。もう一度振り返ると、そこにはあの女性が立っている。

「……っ！」

「燕？」

辰巳も足を止めて、振り返った。

「……たの……よ……」

女性が小さな声で何かを呟《つぶや》いている。

「……なんかヤバイ気がする」

燕が逃げようとした瞬間、女性がこちらに走ってきた。燕に向かってカッターを突きだす。咄嗟《とっさ》のことに身体を庇《かば》えず、燕の腰にカッターが刺さる。

「燕っ！」

「あんたのせいで、辰巳さんが私と結婚できないの。おかしいわよね？　おかしいわよ。辰巳さん……辰巳さん、今、私がこの女から解放してあげるから」

笑っているのに淡々とした声でしゃべる女性の目は、焦点が合っていない。

辰巳が慌てて女性の腕を取り、カッターから手を離させた。

「燕、大丈夫か!?」

「……っ」

燕は流れでる血を押さえるが、意識は遠くなっていく。身体が傾き、地面に倒れ込んだ。

遠くから悲鳴が聞こえる。

辰巳が燕の傷に、ハンカチを押し付けた。

「燕、大丈夫だからな。今、救急車を呼んでる」

「は、い……」

「血が出てるから押さえてるが、セクハラなんて叫ぶなよ」

「……もう、バカ……」

笑える元気があるので大丈夫だ。——そう告げようとして、記憶がフラッシュバックする。

前にもこんな会話をしたことがある。そう、確か、あの男の子を助けたときだ。

燕はどんどん遠くなっていく意識の中で、うっすらと辰巳の姿を見つめた。その姿形を、かなり前から知っているような気がする。入社して出会う、ずっと前から——

そこで意識がぷつんと途切れた。

気がつくと、燕は病院のベッドの上だった。

視線を彷徨《さまよ》わせると、ベッドの近くに座っている人がいる。薄暗くて顔はよく見えないが、シルエットで誰だかわかった。

「……た、つみ」

「っ、起きたのか？」

「うん……。ごめん、どうなった？」

「腹部付近を刺されたが、幸い致命的な傷ではなかった。臓器も傷ついていない。ただ、検査のため数日入院だ」

「そっか……、会社に、迷惑かけちゃう」

「バカが。そんなことどうでもいい」

辰巳の大きな手が燕の手を握りしめ、その手に額《ひたい》をくっつけた。彼の肩は震えている。

燕の手に冷たいものが当たった。

男性を泣かせた経験などなかった燕は、動揺する。起き上がって抱きしめてあげたいのに、腹部がチリチリと痛んでできない。

「辰巳、こっち……来て」

「ん？」

「こっち来て」

辰巳が顔を燕の顔に寄せた。燕は彼の頬を撫《な》でて、自分の胸へ誘《いざな》う。

「大丈夫よ。私、結構、不死身なところあるから」

「……死んだら俺が死ぬ」

「生きてよ。私が生きてるんだから」

「……あぁ、わかった」

辰巳は噛みしめるように言った。

燕はそのままもう一度眠ってしまったらしい。目が覚めると、警察が事情聴取に来ていた。

燕を刺した女性はウグイス建設社長の娘だったそうだ。

確かウグイス建設の社長が辰巳と娘を結婚させたがっていると言っていたなと思い出す。

「父親に鳳さんと結婚をと言い聞かされていたので、自分が婚約者だと思い込んでいたとのことです」

「はぁ……」

燕は警察の説明をぼんやりと聞く。

「どうも彼女は思い込みが激しいようで、警察沙汰にまではなりませんでしたが、学生時代も同級生に嫌がらせをして問題になったことがあるそうです。あなたのこともずっと観察していたらしいんですが、気づいていましたか？」

「……はい、そう言われれば……気のせいだろうと思っていたのですが、何度も視線を感じることがあり、周りを見ると決まって彼女がいました。ただ、何かされることはなかったので放っておいたんです」

「そうですか。……災難だったとしか言いようがないですが――」

燕は「本当ですね」と呟《つぶや》いて、辰巳を見る。彼は眉間《みけん》に皺《しわ》を寄せてとても不愉快そうだ。

その後、二、三の質問をして、警察は帰っていった。

その間も辰巳はずっとついていてくれる。

「辰巳、明日も仕事でしょ？　少しは休まないと」

「そばにいさせてくれ」

「大丈夫だよ。さっきお医者さんが来て、検査の結果によっては明日には帰れるって言っていたじゃない」

燕も疲弊《ひへい》しているが、彼だって相当疲れているはずだ。けれど、決して燕から離れようとしない。

「だが……」

「母さんにも連絡してくれたんでしょ？」

「……あぁ、すぐ来ると」

「なら大丈夫だから。心配しないでっていうのは無理だと思うけど、辰巳も休んで。仕事に支障が出るよ」

「会社は休む」

「もう、私のために休まなくてもいいの」

燕は何度も辰巳を説得し、かけつけた母と入れ替えということで、どうにか帰らせる。

彼は燕の怪我に責任を感じているようで、母に何度も謝っていた。

その姿を思い出した燕は、唇を尖《とが》らせる。すると、母に笑われた。

「何、怒ってるの？」

「悪いのは私を刺したあの女なのに、なんで辰巳が謝るかな」

「そりゃ、目の前にいたのに助けられなかったんだし、彼にも原因があるからなんじゃないの？　まぁ、あんなに責任を感じる必要はないと思うけど」

そう言いながら洋服を畳んでいる母が、何か思いついた顔をする。

「あ、いっそのこと彼に責任とってもらえば？」

「母さん！」

燕は母の言いように、声を荒らげてしまった。

「冗談よ。冗談」

母が朗《ほが》らかに笑う。

辰巳がきちんと状況を知らせたからか、以前も燕が同じような怪我をしたことがあったからか、彼女は冷静だ。

「ただね、あんたこれで怪我するの二度目でしょ。あんまり母さんに心配かけないで。連絡貰ったときは、目の前真っ暗になって倒れるかと思ったわよ」

「ごめん……」

「無事だったからいいけど。……にしても、辰巳さん？　どこかで見たことある気がするのよねぇ」

両腕を組みながら母は首を傾げるが、結局思い出せないようで、諦めて売店に行ってしまった。燕はベッドの上で外を眺める。

――まさか二度も病院の窓から風景を見る羽目になるとは。

スマホを手に取ると、加里と実羽から心配しているとの連絡が届いていた。

燕は無事だと伝えて、母が買ってきてくれた雑誌に目を通す。

検査の結果に異常もなく、翌々日には退院となった。

退院の日、朝一で辰巳がやってきてくれた。

迎えが早すぎると文句を言うと、とにかく一緒にいたかったと答えられ、燕は少し呆れてしまう。

不安になるのはわかるが、却《かえ》って申し訳ない気持ちになる。

退院手続きを済ませ、その足で辰巳のマンションへ連れていかれた。

燕は自分のマンションに帰るつもりだったのだが、心配だからと懇願《こんがん》されたのだ。

彼は会社を休むとまで言ったが、さすがにこれは説得して会社に向かわせる。

燕は辰巳の部屋でやっと一人になり、痛む腹部を押さえて風呂場へ行く。洋服を脱ぎ捨てて、自分の身体を見つめた。

「……また、傷ができちゃった」

今度は決して勲章などとは言えない傷だ。

身体を雑に扱っているつもりはないのに、これでは自分が可哀想だ。消えない傷を何個も作りたいわけがない。

薄れた傷の近くにできた真新しい傷。

燕は目を瞑《つむ》って、頭を横に振った。

辰巳に何から何まで世話をされ、必要以上に安静にして燕は一週間を過ごした。

燕を刺した女性は起訴され、接近禁止となる。

父親であるウグイス建設の社長は退任したらしいと聞いたが、詳しいことを燕は知らない。辰巳がいろいろとしてくれたので、任せることにしている。

これ以上この事件にかかわりたくはない。

その日、随分早く会社から帰ってきた辰巳は、ベッドに横たわっていた燕に聞いた。

「傷は？」

「うん。大分マシになったかな。まだちょっと痛むけど」

以前の傷よりは目立ちはしないが、少し気になる。これでまた彼に身体を見せる勇気が減ってしまった。

新しい傷は完璧に治ったわけでもないので、まだ時間はあると言い聞かせて、その間にどうにかまた勇気が復活することを願う。

燕が上半身をぐっと伸ばしていると、心配そうにこちらを見る辰巳と目が合った。

「本当に明日から会社に復帰するのか？　もっと休んでもいいんだ」

「ある程度治ってきてるから大丈夫だよ。お医者さんも激しい運動をしないなら仕事に戻っても問題ないって言ってたし」

「だが、傷がもし開いたら――」

辰巳はなおも言い募《つの》る。

「病院に行くよ。辰巳は心配性だね」

「……恋人のことだ。心配にもなる」

「ありがとう。でも本当に大丈夫だから」

不安げな彼を振り切り、燕は翌日から仕事に復帰した。

以前と変わらず仕事をこなす。

さすがに残業はしないようにしているが、仕事をするのは楽しい。

しばらく身体を動かさないでいると、なんとなく気持ち悪くなるのだ。

もちろん、自宅マンションに戻っている。ただ、辰巳も一緒だ。

そこだけは、どうしても彼が譲ってくれなかった。

マンションに戻りふとスマホを見ると、画面に通知がきていることに気がつく。確認すると、なんと辰巳の母からのメールだった。

あのパーティーの前に一度だけ挨拶メールをしていたのだが、彼女から連絡がきたのは初めてだ。

内容は、パーティーに辰巳と共に参加したことに対するお礼と、傷の心配だった。

いろいろとドタバタしていて連絡が遅れたことも謝罪されたが、燕は別段気にはしていなかった。むしろわざわざ連絡をくれたことにありがたさを覚える。

辰巳の母のことは、心の隅にいつもひっかかっていたので、少しホッともした。

辰巳には詳しい内容は伝えず、メールを貰ったことだけを伝える。

彼は特に何も言わなかったが、燕はなんとなく嬉しそうな顔をしていると思った。


それからほどなくして、燕は医者からもう大丈夫だろうというお墨付きを貰った。

その週の金曜日の夜、辰巳と食事をした後、彼と一緒に燕のマンションへ戻る。

燕は風呂場で傷をじっと眺めた。

今夜こそ彼にこの傷を見せよう。今できなければ、この先も見せられない気がする。

燕はワンピースタイプの寝間着を着て風呂場を出た。

先にお風呂に入っていた辰巳のそばに寄り、彼の手を取ってベッドへと連れていく。

そして、ベッドの縁に腰をかけさせた。

燕はそっとワンピースの裾を持ち、ゆっくりと持ち上げる。

ついに傷を彼の目の前にさらした。

どう説明をすればいいのかわからず、何度も口を開いては閉じ、開いては閉じを繰り返す。

だが、言葉は発せなかった。

辰巳の反応を、処刑台で刑の執行を待つ罪人のような気持ちで待つ。

ふいに彼の手が傷の残る腰に触れ、そっと傷口をなぞる。

息を呑む燕の身体を彼は引き寄せ、その傷口に唇を落とした。

それは新しい傷ではなく、もう微《かす》かになっていた古い、あの傷だ。

「こんなふうに残ってたんだな」

「……え？」

「覚えていないだろうが、燕がこの怪我をしたとき、俺はそこに居合わせたんだ」

「もしかして、救急車に一緒に乗ってくれた人？」

「覚えてたのか？」

「顔は覚えてないけど、会話をしたのは覚えてる」

そうか、あの日助けてくれたのは辰巳だったのか。

燕は当時のことを思い出した。

「……辰巳は、ずっと気づいてたの？」

「うちの会社に面接に来たときからな」

辰巳は、新入社員採用の面接で燕を見て、すぐに子どもを助けた女性だと気がついたそうだ。ただ燕が全く気がついていない様子だったので、何も言わなかったという。

教えてくれればと一瞬考えたが、あのころそれを言われれば、それが採用理由なのではと勘ぐってしまったかもしれないと、燕は思い直す。きっと、すっきりしない気分になったに違いない。

「君は子どもを助けようと車の前に飛びだして、自分が怪我をしてるのに彼を気にしていた。なんて凄《すご》い女性だと思ったよ」

「……そう、ですか？」

「あぁ、俺にはできない。あの日から燕を忘れたことはなかった。かっこつけて名前を告げなかったのを後悔してたんだ。連絡先の交換くらいしておくべきだった、って……。だから、もう一度会えたときには運命だと思った。だからこの傷は俺にとっては、その証《あかし》なんだ」

　辰巳はいつになく情熱的にしゃべる。

「饒舌《じょうぜつ》……」

「嫌か？」

　思わず燕の口から漏《も》れた言葉に、辰巳は眉を寄せる。

　燕は首をふるふると横に振った。

　嫌なわけがない。涙が出るほど嬉しい。

　コンプレックスだった傷が、彼の言葉で昇華されていく。

　燕の心は、今やっと、救われた。ぼろぼろと涙を零《こぼ》して、小さく呟《つぶや》く。

「……あり、がとう……っ」

「どういたしまして」

辰巳が立ち上がって燕を抱きしめ、背中を撫《な》でてくれる。燕は彼の背中に腕を回して縋《すが》りつき、泣いた。

今まで泣いてこなかった分、全部出し切るように。

しばらくして、燕がぐすぐすと鼻水を啜《すす》ると、辰巳が笑いながらティッシュを差しだしてくれた。燕の鼻に押し付けてくるので、燕はムッと唇を尖《とが》らせて鼻をかむ。

そんな彼女をくすっと笑い、まだ少し濡れている目尻を辰巳がべろりと舐《な》めた。

「くすぐったい」

「知ってる」

鼻先を擦《こす》り合わせながら唇を触れ合わせる。

燕が辰巳の下唇を軽く噛むと、彼は彼女の上唇を甘噛みする。じゃれ合うような口付けを、何度も交わした。

燕は自分の舌を辰巳の口内へ侵入させる。

こうして舌を入れると、彼の口内の温かさにうっとりしてしまう。くちゅくちゅと粘着質な音を立てながら、燕は辰巳の舌を味わった。

その味はどうしようもなく甘美だ。

さらに燕は辰巳の首に両腕を絡《から》ませる。可能なかぎり密着したまま、辰巳の舌先を自分の舌先でつつき、笑みを浮かべた。

頬裏や歯列を丹念《たんねん》に舐《な》め、もう一度、舌を絡《から》ませ合って、唇を離す。

燕は口についた辰巳の唾液をぺろりと舐《な》めとった。

すると今度は、辰巳が燕の後頭部に手を伸ばし、舌を絡《から》ませてきた。先にしかけたのは燕なのに、早々と攻守交代されている。

入り込んできた彼の唾液を燕はごくんと飲み込んだ。不思議と嫌悪感は湧かない。

辰巳がさらに体重をかけてきたので、燕の腰がその重みで仰《の》け反《ぞ》る。

「た、つみっ、腰が……っ」

「すまん。がっつきすぎた」

彼の手で支えられてるので倒れずに済んでいるが、そうでなければ転倒していただろう。

燕が軽くにらむと、辰巳は姿勢を軽く戻す。けれど燕の唇に再びキスをし、すぐにワンピースの裾を持ち上げてすぽんと脱がした。

「早わざっ」

辰巳の唇が燕の頬を掠《かす》め首筋、鎖骨、胸の谷間をたどっていく。それだけで燕の全身が戦慄《わなな》いた。

辰巳の唇は止まることなく、そのまま臍《へそ》を這《は》っていき、ついに傷に到達する。

燕の身体がぴくっと震えた。

古傷をぺろぺろと舐《な》められ、吸われる。そのたびにチリッとした痛みが広がるが、同時に燕は嬉しさに包まれた。

傷を愛されることがあるなんて、思ってもいなかった。

辰巳の唇がちゅ、ちゅと音を立てて太腿へ移動し、内側を舐《な》める。燕の脚をかき抱き、膝立ちで燕を見上げた。

そして、燕の下着をずらして少し濡れ始めた秘処に触れる。ふにふにと軽く押し、膨れた花芯にも指を滑らせた。漏れでた愛液を指にまぶして、改めて花芯に触れ、指の腹でぐりぐりと転がす。

そのたびに燕の口からは甘い声が零《こぼ》れた。

「ん、ん、はぁ、んっ」

「もうこんなに濡れているな」

下着を片脚の足首に引っかけた状態で、燕は息をはふはふと吐きだし、快楽を甘受する。

辰巳が燕の太腿を優しく撫《な》でて脚を開かせ、蜜が滴《したた》る秘処へ舌を挿入した。ぬちゅぬちゅと淫猥《いんわい》な音を零《こぼ》しながら愛液をじゅるっと啜《すす》られる。

燕は辰巳の頭をぐっと掴んで腰を引くが、彼の腕にがっしりと掴まれ逃げられない。すぎた快楽は毒になると、どこかで聞いた。

確かにこれは中毒だ。何度でも欲しくなる。

辰巳の舌は上下左右に動き、変化を加えながら燕の膣内を暴いていく。

そして彼は、舌を秘処から抜くと、今度は花芯に触れた。舌先でちろちろと舐《な》めてから、咥《くわ》え込む。そして骨張った指を秘処へ挿《い》れて、膣壁を擦《こす》った。

膣内と花芯を同時に弄《いじ》られ、燕はすぐに達しそうになる。腰がむずむずとして、無意識に辰巳の顔に秘処をくっつけた。

「あ、あぁあ、あ、んんぁあっ、あ」

「イッたな。ここが凄《すご》いひくひくしてる。指もちぎられそうなぐらい締めつけて。気持ちよかったか？」

確かに気持ちよかったのだが、同意する元気はまだ戻ってきていない。

酸素を取り込みながら、燕は震える膝をなんとか立たせる。これ以上刺激されると腰から崩れて倒れてしまいそうだ。

ふらふらしていると、辰巳が燕の背中をそっと壁に押し付けた。

「ひぅっ」

「支えがあったほうが立ちやすいだろ」

「あ、んんっ！　あ、あ、ひあぁ」

辰巳が再び燕の秘処をくちゅくちゅと舐《な》める。

燕はまたしても軽く痙攣《けいれん》した。

一度絶頂を迎えると達しやすくなり、少しの刺激で快楽に呑み込まれるので体力を消耗しすぎてしまう。

しばらくして満足したのか、辰巳が立ち上がり手の甲で愛液を拭《ぬぐ》った。棚に置いてあった避妊具から袋を一つ手にとって燕に渡す。

「つけてくれるか？」

「が、頑張る」

燕は辰巳の微笑に釣られるように頷いた。

今度は燕が膝立ちになり、彼のスウェットと下着を一気に脱がす。屹立《きつりつ》した彼の肉茎がぶるりと露《あら》わになり、燕は息を呑んだ。

何度か間近で見ているのに、その大きさに驚いてしまう。

燕は彼の肉棒の亀頭部分を触り、竿《さお》を握りしめて何度か往復させた。手の中で熱くなっては震えるそれは、まるで生きているようだ。

鈴口を指の腹でぐりぐりと押し上げると、辰巳の息が荒くなる。

彼はこれが好きみたいだ。

気をよくした燕はパッケージを破り、避妊具を熱棒に被せていく。

装着し終えて見上げると、辰巳が恍惚《こうこつ》とした瞳でこちらを見ていた。

彼のこんな顔はあまりにも特別だ。それが、自分に向けられていると思うだけで下腹部が疼《うず》く。

すぐに辰巳が燕の腕を取って立ち上がらせ、後ろを向かせた。腰に手を回し、お尻を突きださせる。

燕は逆らわず、素直に応じた。

期待で胸が高鳴っている。

ついに辰巳の肉棒が燕の中に挿入された。浅い場所で抽挿し、少し深くしてはまた抽挿する。

もっと激しく奪うようにしてほしいのに彼から与えられる快楽は優しい。

燕は自《みずか》ら腰を振って、彼の肉棒を奥へ誘い込んだ。

応えるように辰巳が燕の胸を後ろから鷲《わし》づかみにし、腰を進めて膣奥まで到達する。

やっと与えられた圧迫感に燕は喜びの息を吐きだした。

ぱちゅんぱちゅんと肉茎が膣壁を擦《こす》り上げていく。緩急をつけ角度を変えながら、あらゆる部分に触れた。

みちみちと熱の塊《かたまり》でいっぱいになった膣内は、知らず知らずに彼の熱棒を締めつける。

幾度となく迎え入れてきた彼の肉棒は、燕の膣内にぴったりと重なった。

もう別のものは挿《い》れたくない。身体中に快楽という毒が廻《まわ》り、彼と離れられなくなっている。辰巳がいないとまともに息すらできないかもしれない。

それは苦しいようでいて、その実、幸せなことだ。

「た、つみ、あ、あ、んんぁ、たつみぃ」

「つばめっ、くぅ、そんな締めるな、耐えられなくなる」

「むりぃ、あ、あ、うあっ、や、だめ、くるっ、たつみ、くる、やぁあ」

ぐにぐにと胸を揉まれ激しく膣奥を穿《うが》たれた燕は、悲鳴じみた声を上げた。

けれど、あと少しで絶頂を迎えられるというところで、肉棒をぬぽっと抜かれる。

「あぁ、あぅっ、やぁあ、あ、やだぁあ」

「は、燕こっちむいて」

辰巳が何かを言っているが、もう聞こえなかった。

不完全燃焼な状態であちこちが苦しい。

汗と涙でぐすぐすになった顔を辰巳が自分のほうに向けさせた。燕は軽く抵抗する。

「初めて明るいところで、ちゃんと燕の顔を見てイけるんだ。顔を見たい」

「やだ。ブサイクだもん、絶対ブサイクだもん」

「そんなわけないだろ。俺にとっては可愛いから、それでいいんだ」

燕は顔の前に手をやって隠していたが、辰巳の熱棒が秘処へ挿入されると力が抜けてしまい、抗《あらが》うのをやめた。片脚を辰巳の脚へ巻きつけ、悦楽を追う。

セックスの最中にまともに辰巳の顔を見たのは初めてだ。
いつも真っ暗にしてもらっていて、ぼんやりと顔形がわかる程度。瞳や流れる汗など
知らない。
辰巳は眉間《みけん》に皺《しわ》を寄せ薄く唇を開きながら、真っ直ぐ燕を見つめていた。
その色気がにじむ綺麗な顔を見ていなかったなんて、なんてもったいないことをして
いたのだろう。
燕は辰巳の頬に両手を添えて、そっと唇を合わせた。
柔らかく温かい唇は幸せを運んできてくれる。
辰巳が口の端を上げるので、釣られて燕も口角を上げた。
ふいに辰巳の腕が燕の臀部《でんぶ》を掴み持ち上げる。
「ひあぁあ、あああっ」
「くっ、は、燕っ、もうちょっと我慢してくれ」
「や、この体勢ぃ、むりだよっあ、あぅ」
燕の足が床から浮いた。燕は両脚を辰巳の腰へ回し、両腕を彼の首で交差させる。
抱っこされた状態のまま、燕は彼の肉棒に容赦なく攻められた。
不安定な体位のせいか、より深くまで挿入され、いつも以上に感じてしまう。
開きっぱなしになった口から唾液が伝い落ちた。

大きな快楽に襲われ、燕は絶頂を迎える。

「あ、んぁあ、あ、あ、ぁあああっ」

「燕、燕っ」

膣内が蠢《うごめ》き、辰巳の熱棒を食いちぎるほど締め上げた。

今度は辰巳が燕を拘束するように強く抱きしめ、最奥を穿《うが》つ。

一回り大きくなった肉棒が爆《は》ぜて燕の膣内でびくんびくんと動いた。

辰巳が息を吐きだしながら肉茎を抜く。燕は床へ下ろされたが、脚に力が入らずうまく立てない。

がくんと膝が折れ、辰巳に支えられた。

「すまん。大丈夫か？」

「なん、とか」

「危なそうだから座ってもらってもいいか？」

「うん」

燕が大人しく床に座り込むと、辰巳はつけていた避妊具をとって丸める。

燕は疲れ切っているというのに、辰巳はいたって元気だ。体力の差かもしれないが、なんだか腹立たしい。

処理を終えた辰巳が戻ってきた。その手には濡れたタオルを持っている。

辰巳の裸体を明かりの下で見るのは初めてなので、燕はまじまじと眺めた。筋肉がついた綺麗な身体で、お尻が引きしまっている。

その視線を気にもせず、辰巳が手にしたタオルを差しだした。

「ほら、手を出して」

「はーい」

タオルを受け取ろうと、燕も手を出す。けれど辰巳はその手を取って、タオルで拭《ふ》きだした。

「自分でできるよ」

「いいから」

鼻歌でも口ずさみそうな雰囲気で、腕が終わると燕の身体も拭《ふ》いていく。胸や太腿、脚、背中と丁寧に拭《ぬぐ》っていった。そこに快楽的なものはいっさいない。

もうへとへとだった燕は、少し安心する。

「私も体力つけたほうがいいのかなぁ」

「そうしてくれたら嬉しいが、無理はしなくてもいい」

辰巳はそう言うが、その瞳の中には期待の欲が見える。

燕は少しずつでも体力をつけようと決心した。

そして、綺麗になった二人はお互いを抱きしめながら眠りにつく。

コンプレックスはお互いに存在していた。
燕はその長身と傷。辰巳は自分の家族。
傷つけられた過去は消えないが、傷つけられたことにはもう捕らわれない。
辰巳が一歩踏みだしてくれたから、すべてが解決したのだ。
この人を好きになれて本当によかったと、燕は幸せな笑みを零《こぼ》した。

比翼《ひよく》の鳥

辰巳が自分の家が変だと気づいたのは高校に入ったころだった。

彼は兄や弟ほど出来がよくなく、父や祖父が満足するレベルに学校の成績を保つために必死な努力を必要とした。

自分は出来損ないなのだと思い込んでいたけれど、高校で出会った友人によって意識が変わる。

彼は頭はいいのだが型破りで、好きなことを好きなようにやっているタイプだった。テストは常にトップ三に入るものの、授業態度は不真面目。それなりの進学校で彼の存在は、とても異質なものだ。

辰巳はそんな友人に憧れた。そして彼と共に行動しているうちに、自分の家の異質さを知ったのだ。

祖父はそれが気に入らなかったらしい。

もともとあまり目をかけてもらっていなかったのだが、あからさまに無視されるようになった。もちろん金銭面等の面倒はみてもらっていたのだが、家族の中でもいないものとされるようになってしまう。

家族との会話はほとんどない。

もともと積極的にしゃべるタイプではなかった辰巳だが、家の中では一切口をきかなくなった。無表情を身につけたのもこのころだ。

辰巳は、家にいると自分が透明人間になったように感じた。

そんな状態で家にいるのは億劫《おっくう》で、もっぱらバイトに明け暮れ、食事を外でとるようになる。

おかげで、たとえ小遣いを貰えなくても自分の食費くらいは稼げるようになっていた。

それでも成長するにつれて肥大していた劣等感はなくならず、より孤独を感じるようになった。

そんな辰巳の味方は唯一、祖母だけだ。

だから、辰巳は早く家を出ようと思っていた。

高校を出たら就職しようとしたが、これには例の友人と祖母が反対した。

親友は「親父や兄貴たちを見返してやれ。お前にはそれができる」と辰巳を激励する。

辰巳は二人に説得され、大学進学を決めた。けれど、学費を出してもらうことだけは嫌で、祖母に借りることにし、大学に入ると同時に家を出て、家賃もバイトでまかなうことにした。

母はそれを黙って見ていた。けれど彼が家を出る際、目を赤くして辰巳の両手を握りしめたのだ。そして、何かあったら頼りなさいと、大倉の家を紹介してくれた。

そのとき、初めて辰巳は母の思いがわかった気がした。

母を恨んではいないが、好きだったわけでもない。それでも、この人も苦しいのだと理解してあげたいと思った。

そんなふうに鳳家を出た辰巳は、その後はひたすら楽しく過ごす。

日中は大学、夜はバーでバイトをする。森田と出会ったのが、そのバーだ。

彼の夢は起業で、さっさと軌道に乗せ、悠々自適《ゆうゆうじてき》に暮らしたいと言っていた。

森田に助言を請われた辰巳は、彼の起業を手伝うことになる。

ところが、そこに祖母の訃報がもたらされた。病気だったのに、具合が悪いことすら誰も辰巳には教えてくれなかったのだ。

死に目に会えなかったことで、辰巳は苦しさを覚える。鳳家の恥と思われている自分に連絡がこないのは仕方がないと思いつつも、悔しさが募《つの》った。

辰巳を一番可愛がってくれて、外に送りだしてくれた、その祖母が亡くなった。それは今までの人生の中で一番の衝撃だった。

さすがに葬式には呼ばれ、辰巳は一応親族席に座る。

兄は、それほど思うところもないのか、辰巳に対して普通に接した。離れて生活していたのがよかったのかもしれない。

彼から、祖母が一年程前から入院していたことや、辰巳には言わないでくれと頼まれていたことを伝えられる。そして、手紙を渡された。

「親父が捨てたのを拾っておいた」

「……ありがとう」

「礼を言われることじゃない。他人のものを勝手に捨てる親父が気に入らなかっただけだ」

兄は辰巳と視線を合わせることなく斎場へ戻っていった。

辰巳はその場で手紙の封を開ける。

手紙には、辰巳に病気を知らせなかったのは心配かけたくなかったからだと綴《つづ》られていた。最後には、辰巳が自由に羽ばたいている姿を見守っていると書かれている。

辰巳は手紙をぐしゃりと握りしめながら、ぼろぼろと目から水滴を零《こぼ》した。

孤独だったあの家で唯一の救いだった人。大切な人で、愛してくれた人。

辰巳は祖母の言う通り好きなことをやって生きていこうと決めた。

そして大学卒業後、森田の会社に入る。仕事は楽しく、趣味が仕事になった。

そんなある日、辰巳は外回りの帰りに公園の近くを通る。突然、車のブレーキ音が聞こえた。視線を向けると、子どもを庇《かば》った女性が地面に倒れ込んだ瞬間だった。

辰巳は慌ててその女性へ駆け寄った。大量の血を流す彼女の傷に急いで自分のジャケットを押し当て、止血する。

「誰か、救急車を呼んでくれ！」

「は、はいっ」

近くにいた女性が慌てて電話をかける。子どもは倒れ込んだままの女性の腕の中から這《は》いでてきて、声を上げて泣いていた。

「大丈夫か？　君に怪我は？」

「うぅ、すり、むいた。おねーちゃんは？　おねーちゃんは？」

「お姉ちゃんも大丈夫だ。お母さんはいるか？　友達は？」

子どもは涙が止まらないせいで周りが見にくいのか、何も答えない。すぐにその子より少し年上の男の子が駆け寄ってきた。

「俺その子の知り合いです。今、別の子にこの子の家の人呼んでもらってます」

「そうか、よかった」

ほどなく子どもの親がやってきて、男の子を抱きしめる。

ちょうどそのとき、気を失っていた女性がぼんやりと目を覚ました。

辰巳は何度も彼女に話しかけ意識を保つように努める。そしてそのまま救急車で病院まで付き添った。

誰かのために自らの身を犠牲にできる、その女性に強烈に惹かれた。けれど、連絡先も交換しないまま、彼女の家族が現れると同時に病院を去る。

なぜ、名前だけでも聞いておかなかったのか、少し後悔した。

まさか、その女性と一年後、採用面接で再会するとは。

残念なことにその女性――牧瀬燕は辰巳のことをまったく覚えていないようだった。あのときは意識が朧《おぼろ》げだったし、仕方ないことだが、がっかりする。

そして、彼女が知りもしないことを辰巳が知っているのは気持ちが悪いかもしれないと、あの事故のことは話題にしないことにした。

辰巳の秘書として働き始めた燕は、とても真面目で融通《ゆうずう》が利かないタイプだった。オンとオフの切り替えが下手くそなのだ。

秘書として必死にやっているのはわかるのだが、力が入っていて初歩的なミスをよくする。おまけに、頼まれると嫌と言えない性格で、常にオーバーワーク気味だ。

どうにかしてやりたいのはやまやまだったが、不器用な辰巳は簡単な指摘とささやかなフォローしかできない。

幸い社長である森田の指導力は抜群で、彼女はゆっくりと会社に慣れていった。

辰巳が燕にますます心惹かれるようになるのに、時間はかからなかった。

必死に誰かの役に立とうと頑張る姿に好感度が上がりっぱなしの状態だ。その上、自分のあとをちまちまとくっついて歩く姿が本当に可愛かった。

けれど、辰巳が映画や食事に誘っても、彼のアプローチに気づいているのかいないのか、彼女は必ず他の社員を大勢呼んでしまい、二人で出かけることはできなかった。

それに彼女は、別の課の男性に憧れているらしく彼を見てはにまにまとにやけている。もっとも彼に付き合っている女性がいるのを知っていたので、辰巳はなんとか傍観するに留まった。

彼女が辰巳の会社に入社してから四年経ったころ、兄から連絡がきた。

呼びだされたレストランで、兄は今まで見たことがないようなさわやかな笑みを浮かべていた。

辰巳は驚きで目を丸くする。

「なんだその顔は」

「いや、兄さんのそんな表情見たことがなかったからな」

「そりゃそうだ。あんな家の中じゃこんな顔できない」

辰巳は兄が変わったと思った。その兄が、とんでもないことを口にする。

「辰巳、お前、ベンチャー企業の立ち上げから手伝ってそこで働いてるんだって？」

「あぁ、そうだ」

「大倉からもいろいろ聞いててな。なあ、よかったらうちの会社で働かないか?」

「……はぁ?」

辰巳は怪訝《けげん》な顔を兄に向けた。兄は、淡々と続ける。

「突然のことなのはわかっているんだが、俺はお前に仕事を手伝ってもらいたい。家族だからな。昨年、辰樹が入社したんだが、あいつは人を蹴落とすタイプで信用ならん」

「だからって、なんで俺がそっちに入社しないといけないんだ」

「俺が嬉しいからだ。給料は今の会社の倍は出せる。考えてみてくれ」

辰巳が断りの言葉を口にする前に、兄が突然立ち上がった。店の入り口に向かって手を上げる。

「──こっちだ」

「ごめんなさい。道が混んでて」

現れたのは兄の婚約者だった。一年ほど前のお見合いで出会ったと聞いている。近々、結婚するようで、式に出席してほしいと言われた。

彼女を見て、辰巳は兄が変わった理由を察した。この女性が理由であるのなら、兄の変化はいいことだ。

結局、その後、仕事の話はできず、辰巳はその夜、メールで断りを入れた。もっとも兄は諦めるつもりがないという。

辰巳は少し呆れた。変わったといっても、長男らしい強引さは変わっていない。

困ったことに、これを機になぜか辰巳にもお見合い話が舞い込んでくるようになってしまった。何度断ってもいつのまにかセッティングされている。

度々、燕に恋人になってくれと頼もうと考えるものの、迷惑をかけてはいけないと思いとどまる。

そしてあの日、騙《だま》されてお見合いの場に連れてこられた辰巳は、トイレに駆け込んで悩んだ。どうしても燕の顔が頭を過《よぎ》る。

彼女に迷惑をかける気はない。

それなのに、気づくと辰巳は彼女の電話番号を押していた——

※　※　※

当時のことを思い出し、辰巳は自分自身に苦笑いをした。

あれから、すべてが解決し、季節は冬になっている。

繁忙期は終わり、辰巳は鳳辰巳から牧瀬辰巳へと名前を変えていた。

「——まさか、辰巳が婿養子とはなぁ」

「俺のうちは三人兄弟で、兄と弟が家のことをするので俺一人いなくても問題ないんです」

森田がしみじみと言うのに、淡々と答える。

燕は拘《こだわ》りはなかったようだが、辰巳はどうしても牧瀬の姓になりたかった。

これでやっと本当の意味で鳳家と決別できる。それに彼女を鳳家の嫁にしたくはなかった。

最後に残った鎖が外れた気分だ。

牧瀬の姓になることを、家族には報告してある。兄に、筋は通しておけと助言されたのだ。

報告をした途端、案の定父は烈火のごとく怒ったが、意外なことに祖父は文句は言わず、「好きにすればいい」と告げた。

それで、すべてが丸く収まっている。

「それで？　結婚式はいつやるの？」

披露宴での余興がしたいのか、スピーチを頼まれるのを楽しみにしているのか、森田が身を乗りだして聞いてくる。

辰巳は横にいた燕と顔を見合わせてから、森田へ向き直った。

燕が嬉しそうに答える。

「今は予定してないんです。とりあえず籍入れちゃおうかーって、なって。結婚式はおいおい考えればいいかなと思ってます」

辰巳はその言葉に付け足す。

「知っての通り、俺の家のことを考えると少し面倒なんで、俺はしなくていいと考えてます」

「私はウェディングドレスの写真だけは撮りたいなぁ」

「えぇぇえ、結婚式やろうよー！　人生の一大イベントだよ!?　主役になれる日だよ!?」

こればかりは自分には何も言えない。この場合の主役は、辰巳ではなく燕だ。結婚式は女性のものだと認識している。

燕へ視線を移すと、彼女はあっけからんとしていた。

「お金のいることですし、やるとしたら、ある程度貯蓄してからになりますね。一年ぐらい先かな？」

「そうだな。貯金はあるが、今後のことを考えるともう少し増やしたいところだ」

そう言うと、森田はつまらなそうな顔をした。そこに岩瀬が顔を出す。

途端に、燕が顔を輝かせる。

「わぁ、加里!?　いたの？　びっくりした」

「いや、燕に書類渡しにきたら聞こえたからさ。結婚式やればいいのに。金銭的なことやおうちのことは他人が口出せないけどさ。やっておいたほうがよかったぁって、後悔するよりいいかなって思うよ」

「やらない後悔よりやった後悔ってことね。確かにそれはそうなんだよね。せっかくだからドレス着たいし、加里にはスピーチやってもらいたいし――」

そこで、燕が思い出したように森田に告げた。

「森田さん。結婚式は予定していませんが、新婚旅行には行きたいので、二人で休暇申請をします」

森田はにっこりと笑う。

「有能な二人が一気に休みって厳しいけど、なんとかするよ」

「どこに行く予定なの？」

岩瀬が首を傾げながら燕に問う。

「国内か海外かで迷ってるんだよね。せっかくだからハワイかグアムとかって思ったり」

「イタリアやスペインも捨てがたい。海外いくなら最低一週間は休みを貰わないとな。俺も燕も有休は残ってるし」

互いにあまり会社を休まないので、有休の消化率は悪い。ときおり森田が無理にでも休めと言ってくるぐらいだ。

「結婚祝いにご祝儀出すから、海外ぐらい行っておいでよ」

「社長太っ腹ぁ！」

なぜか辰巳たちよりも岩瀬が喜ぶ。

結局話し合いの結果、一週間ほど休暇を貰って二人でバリ島へ行くことにした。


新婚旅行の出発日、二人はスーツケースを引っ張りながら空港へやってきた。

辰巳の横で燕がはしゃぐ。

「飛行機乗るの久しぶり」

「俺は出張でときどき乗るからな。まぁ、長時間フライトはないが」

「海外なんてそうそう行かないもんね」

「バリは日本から七時間ぐらいはかかるな」

「長いねぇ。乗り換えがないだけマシだと思うべき？」

「そうだな」

荷物をカウンターに預けて、フライトの時間まで空港内を見て回る。燕が店内を楽しそうに見ているので、辰巳もそれに付き合った。

彼女が楽しいのであれば、自分も楽しい。ただ一緒にいられるだけでも幸せだ。

そして、軽く日本食を食べ、二人で七時間のフライトに臨んだ。

七時間後――やってきたバリ島。

写真やテレビで何度か見たことがあるため知ってはいたが、改めて空港の大きさに二人は驚く。

人気の観光地ということで、ちらほらと日本人観光客が目に入った。男女の二人組が多いので、彼らも新婚旅行なのだろうと思う。

空港前でタクシーに乗り、ホテルへ向かった。

ホテルは高級ホテルを予約している。

燕はもっと安いホテルでいいと言ったが、せっかくの新婚旅行だ。いい思い出にしたいし、彼女が喜ぶ顔が見たい。それに、少しぐらい格好つけさせてほしいのが本音だ。

趣味が仕事のせいで、貯金が結構な額になっていてよかった。

ホテルについた燕は、辺りをきょろきょろと見渡しては、感嘆の声を上げている。

「すごいねぇ。圧巻だねぇ」

「本当だな。風も気持ちがいいし、日本語を話せる人が多いのも安心だな」

「英語話せるくせに」

「話せるからといって、きちんと通じるかは別の問題だ」

チェックインを済ませ、部屋へ向かう。予約していたヴィラは写真で見る以上に素晴らしかった。サービスは行き届いており、どこも綺麗に掃除され、バリの美しさをよく見せている。

ヴィラとは一つ一つ独立した田舎風の宿泊施設のことだ。

ここのヴィラは開放的でバリの海がよく見えた。ラグーン——つまり珊瑚礁《さんごしょう》のあるビーチまで直接歩いて行くことができる専用通路もある。

優雅な時間が過ごせそうだと辰巳は満足する。

見ると、燕もうきうきとしながら部屋の中を見て回っていた。辰巳はソファーへ座りそんな燕の姿を目で追う。いかにも新婚旅行にきましたという雰囲気だ。

ふいに燕が隣の部屋からこちらを覗く。

「辰巳、少しゆっくりしたらラグーンにでも行く？」

「そうだな」

辰巳は部屋の隅に置いたスーツケースを開けて、中身を取りだす。クローゼットに洋服をしまい、水着を出した。

燕も同じように水着を取りだしている。

彼女の水着姿がとても楽しみだ。

せっかくだから一緒に買いにいこうと希望したが、ネットで買うと断られていた。それなら着てみせてほしかったのだが、当日までのお楽しみと言われる。

辰巳は内心浮き立っていた。

お互い水着に着替え、待ちに待った彼女の姿を見る。

黒いビキニはトップにフリルがつき、彼女の美しさを引き立てていた。

けれど彼女は傷が気になるのか、腰には花柄のスカートのようなものを穿いている。

もったいないとも思う反面、他の――特に男には見られたくない辰巳は、丁度いいとも感じた。

「行こうか」

「うん」

彼女の手を取って、椰子《やし》の木に囲まれたラグーンへ向かう。

中央には木のデッキがおいてあり、日光浴ができるらしい。そこで燕と会話をしていると、ウエイターに話しかけられる。

「何かお飲みになりますか？」

「フレッシュジュースを」

「二つで」

辰巳たちの返答を聞きウエイターは頷く。

こうしてゆったりとした時間を燕と過ごしていると、心から幸せな気持ちになった。

ジェットバス付きの東屋《ガゼボ》や噴水まであるそのビーチを、燕に引っ張られながら次々と回る。

一日はしゃぎ、二人は満足してヴィラに戻った。

燕を先に風呂場へ向かわせると、水着姿のまま戻ってくる。

「どうした？」

「お風呂見てみて！　凄《すご》いから！　びっくりするから！」

促《うなが》されて見てみると、浴槽には薔薇《ばら》の花びらが浮かんでいた。

女性は喜びそうなことだが、辰巳は単純に「凄《すご》いな」という感想しかない。

その無感動な返しに燕は不満げだが、すぐに機嫌を直した。

お互い別々に風呂に入り、レストランへ向かう。

そのレストランはさまざまなハーブが茂った庭園の中にあり、インドネシア料理が楽しめる。

悩んだ結果、日本でも有名なナシゴレンとミーゴレン、それにサテという串焼きを頼んだ。どれもこれも美味しく、舌鼓《したつづみ》をうつ。

食事を終えてからはバーでカクテルを飲んでから、ヴィラに戻ったのはもう深夜になっていた。

「辰巳、見て、見て」

「どうした？」

バリらしい調度品を嬉しそうに写真に撮っている燕が辰巳を呼ぶ。彼は彼女のこめかみに唇を寄せた。

「ひぁっ」

焦ってカメラを落とす彼女の動揺ぶりに、少し笑ってしまう。燕はカメラを拾い「ぶれたー」と唇を尖《とが》らせた。

「悪い」

「ううん。その前の写真はちゃんと撮れてるし、母さんに送るだけだし。それより、こんな素敵なんだから辰巳にも見てほしかったの」

「そうか」

そのまま、二人でベッドへ寝転がる。

「もう寝る?」

「そうだな。俺も燕も疲れているしな。本当なら燕を抱きたいところなんだが、明日は朝が早いしやめておこう。その代わり明日の夜な」

彼女を抱きたい気持ちはとてもあるが、明日を考えると、燕のためにはやめておいたほうがいいと、必死に自分を押しとどめる。

燕の唇に口付けを落としてから隣で目を閉じた。彼女は辰巳に抱きついたまま眠りにつく。

その身体を撫《な》でつつ、明日のことを考える。

明日は一日彼女のために頑張ろうと思いながら眠った。

翌日。

辰巳は燕よりも早く起き、着替えを済ませて電話をかけた。

「はい、よろしくお願いします」

実は彼女には黙って計画していることがあった。

その手のサプライズが得意ではない辰巳は、少し不安になっている。仕事ではこんな気持ちにならないというのに。

やはり彼女は自分にとって特別な人だということだ。

辰巳は燕の身体を揺らして起こした。

「んん……」

「そろそろ起きろ。予約の時間があるんだ」

「よやく……？」

「そ、予約」

彼女の腕を引っ張り起き上がらせてやる。

燕は目元をぐしぐしと手で擦《こす》りながら洗面所へ向かう。彼女が着替えを済ませたのを確認して、辰巳は鞄を手に取った。

「え、もう行くの？　化粧まだしてない」

「いいんだ。今からスパにいくからまた化粧をし直す羽目になるぞ」

「あぁ、その予約かぁ」

いまだ寝ぼけているのか、燕はぼんやりしている。

普段は自分のほうが寝起きが悪く、ぼうっとしていることが多いので少し新鮮だ。

辰巳は燕の手を引っ張りながらスパまで歩いた。

椰子《やし》の木が揺れる音と水の音しか聞こえないそのスパはとても落ち着いていて、リラックスできる雰囲気だ。

辰巳が受付をしている間、燕は辺りを見て回っていた。

手続きを終えると燕を見送る。

「じゃあ、後で」

「うん、いってきます」

燕がひらひらと辰巳に手を振った。

そんな彼女はやはり可愛くて、口元がにやける。スパの従業員にちらっと視線をよこされ、急いで唇を真一文字に閉じた。

例の計画のため辰巳も急いでヴィラに戻る。

今回の旅行はほとんど辰巳が準備をしていた。森田や大倉にも相談し、どんなものがいいかと検討したので、それなりのものになっているという自負はある。

それでも慣れないことに、慎重になっていた。

彼女のスパが終わるのはこれから二時間後。辰巳はもう一度、電話で打ち合わせを軽くしてから、着替えに向かった。

用意された部屋にあるのは、ホワイトのスーツにカラーベストを合わせた、いわゆるタキシードだ。

燕へのサプライズプレゼントとは、バリ島でのウェディングフォトだった。

結婚式の予定はまだないが、彼女は写真を撮りたいと言っていたので、せめてそれを叶えたいと思う。

彼女のウェディングドレスを選ぶのには時間がかかったというのに、自分のものは五分もかからず決めた。燕のドレスと合っていれば、こちらはどうでもいい。

着替えてからヘアセットもしてもらい、あとは燕の準備を待つだけだ。

喜んでもらえるだろうか。

椅子に座って待っていると、彼女の準備が終わったと連絡が来た。

辰巳はラウンジへ向かう。待っていると、彼女がスパの女性に連れられてやってきた。

胸元とスカートにレースが縫い込まれたシンプルでエレガントなAラインドレスは、想像以上に彼女に似合っている。ドレスに合うよう緩《ゆる》く巻かれた髪の上には、白い花が飾られていた。

色鮮やかな花束を持って一歩ずつ近づいてくる燕を見ていると、辰巳まで感無量になる。

彼女の目も潤《うる》んでいて、辰巳はこのサプライズが成功したことに安堵《あんど》した。

「泣くと化粧が崩れるぞ」

「き、あいで止めるっ」

燕がカッと目を見開いて、手でパタパタと煽《あお》ぐ。その姿に見惚《みと》れていると、カメラを持った男性に声をかけられた。

「今日はよろしくお願いします」

辰巳も挨拶を返す。

「こちらこそ、よろしくお願いします」

「じゃあ、まずビーチに行きましょう。今日は晴れてよかったですね。写真日和《びより》ですよ」

にこにこと話す男性は日本人だ。今回このウェディングフォトを頼んだ会社の専属カメラマンで、ずいぶんと人気があるらしい。通常予約すら取れないと言われたが、運よく今日は空いていた。

三人はビーチにたどりつき、まずは大きな木の下に二人で立つ。けれど、どちらも緊張していろせいか、笑顔が強張ってしまった。

「もう少し近づいて、そう。新婦さんはちょっと右に顔を向けてください、いいですよ」

カシャカシャとシャッターを押す音が聞こえる。

その後もカメラマンとそのアシスタントの指示のもと写真を撮り続けた。

正直言えば恥ずかしいが、一生に一度だろうし燕が喜ぶなら報《むく》われる。

どうせこの写真を見るのは自分たちと、いつか生まれるであろう家族だけだ。あとはせいぜい、燕の母と兄妹なのだからと割り切った。

ただ、絶対に森田にだけは見られてはならない。

最初は照れていた燕は、だんだんと自然な笑顔になっていく。それに釣られて辰巳の顔にも、心からの笑みが浮かんだ。

彼女と手を繋ぎながら海を眺めたり、東屋《ガゼボ》へ向かったりと何枚も何枚も写真に撮られる。そして、日没が近づいたころ、サンセットが有名なビーチで写真を撮ることになった。

地平線はオレンジとピンクの色が混じり合った、言葉にできない色に照らされている。

そんな美しい風景を背に、辰巳は燕と向かい合い手を取り合う。

燕は風景に負けないくらい光り輝き、まるで女神のようだ。

実際、辰巳にとって燕は、女神のような存在だった。

「綺麗だな」

「うん、この世にこんな綺麗な景色があったんだなって思った」

「いや、燕が。輝いてて綺麗だ」

「……ありがとう」

辰巳は跪《ひざまず》き、彼女の手を取る。そしてその手に唇を押し当てた。

燕が鼻を啜《すす》る音が聞こえる。喜んでくれたのだ。

辰巳の行動は全て、彼女を喜ばせたいがためだ。

この旅行が彼女にとって一生の思い出になればいい。

やがてオレンジがかった空は、だんだんと紫になり、辺りは夜へ向かう。

「最後の一枚です。好きなポーズでどうぞ」

カメラマンの言葉に、辰巳は立ち上がり燕を抱きしめた。自然と唇を触れ合わせる。

人前だということも、外だということもわかっていた。それでも、この瞬間はこれが一番だと思ったのだ。

「はい、オーケーです！　お疲れ様でした」

撮ってもらった写真は、どれも素晴らしく綺麗に写っていた。

「写真のデータは二、三週間後にご自宅に郵送しますので、よろしくお願いいたします」

「ありがとうございました。とても素敵な日を過ごせました」

「そう言っていただけると嬉しいです。この仕事をしていてよかったと思う瞬間ですね！　車でホテルまで送りますので、どうぞ」

カメラマンに誘導されて車に乗り込みホテルまで戻った。

お風呂に入ってさっぱりとした後、燕と一緒にベッドで寝転がる。燕がとびきりの笑顔で言った。

「辰巳、今日は本当にありがとう。あんなサプライズ用意してくれてるなんて思ってもみなかった」

「サプライズが成功したのならよかったよ。普段こんなことをしないから、どうなるか今日まで心配だったんだ」

「ふふ、まさか、辰巳がこんなことするなんて！」

「知り合いはいない場所だ、今回ぐらい振り切ったほうがいいだろ」

彼女が笑うので少し恥ずかしくもなる。けれどやってよかった。

ふいに燕が抱きついてきて、キスを強請《ねだ》った。

辰巳は彼女の唇に指で触れて、ゆっくりと口付けを落とす。彼女の唇は柔らかく、何度しても足りないほど甘い。自分を蕩《と》かし、麻薬のような中毒性をもった味だ。

辰巳はいつでも燕渇望症状態だった。

燕の下唇を甘噛みし、彼女の唇を堪能《たんのう》する。

辰巳は彼女の唇をぺろりと舐《な》め、舌先を尖《とが》らせながらその口内へ挿入した。彼女の中は温かく気持ちがいい。

燕も積極的に舌を絡《から》めてきてくれる。

それがどれほど嬉しいか。

ざらついた舌で彼女の口蓋《こうがい》を舐《な》め、猫のマーキングをするように彼女の中に自分を擦《こす》り付けていく。

「燕、舌を出してくれ」

「ん……」

燕は辰巳に言われた通りに、舌を外に出す。辰巳は彼女の舌を自分の舌先でぺろっと舐《な》めてから、口に咥《くわ》えちゅうっと吸い上げる。そして舌と舌を擦《こす》り合わせた。

少し唇を離してまた口付けをすると、燕から甘い息が漏《も》れだす。

着ているものを脱がし合いながらも、辰巳は唇を離さなかった。

仕事をしてるときのパリッとした燕も、プライベートでの柔らかい雰囲気の燕も好きだが、辰巳にとっては裸体をさらして恥ずかしそうにしている燕が一番だ。

その目が情欲に呑まれている姿を愛おしく思う。

彼女のおかげで辰巳の人生は本当の意味で色を持った。

彼女が辰巳の世界を鮮やかに彩《いろど》り、その美しさに気づかせてくれたのだ。燕がときどき、辰巳に溺《おぼ》れているとため息をつくことがあるが、本当に溺《おぼ》れているのは自分のほうだ。彼女がいなければ息もできない。

辰巳はじんわりと汗を含んだ燕の肌に触れる。しっとりしていて滑りがよく、気持ちがいい。

彼女の首筋から鎖骨を舌でたどっていき、胸の側面を舐《な》める。まだ尖《とが》っていない胸の頂《いただき》を指の腹でぐりぐりと刺激し、爪を立てた。

自分の愛撫に反応し、ぷくっと頂《いただき》が尖《とが》りだしていくのがわかり、思わず口の端が上がる。

燕の胸を弄《いじ》りながら、彼女の腕を上げて腋《わき》を舐《な》めた。フラワーバスのせいか、花の香りがする。

すると、燕が悲鳴を上げた。

「ひぁっ⁉」

「風呂に入った後だから花の匂いがするな。もったいない」

「何がっ！」

「君の匂いが薄くなってる。君の匂いはたまらないのに」

辰巳にとっては官能的な香りで興奮を誘うのに、彼女は腋《わき》を嗅《か》がれたり舐《な》められたりするのは嫌らしい。腕をぶんぶんと振って、辰巳の行為を止めようとする。それを力を込めてとどめた。

本当に泣くほど嫌ならばやめるのだが、彼女は嫌と言いながらも甘い声を出すので止まらなくなる。

辰巳は腋《わき》に鼻を擦《こす》り付けてまたべろべろと舐《な》め回した。何度も腋《わき》を舐《な》め、吸い、軽く噛んでを繰り返す。

辰巳の愛撫に慣れたからか、少し舌先でつつくだけで燕は喘《あえ》ぎ声を出した。敏感な身体が跳ねるのを見て、思わず舌舐《したな》めずりをする。

辰巳は腋《わき》を弄《いじ》るのをやめて、胸に手を這《は》わせた。ぐにぐにと揉みながら、刺激で尖《とが》った頂《いただき》を爪で弾く。さらには指の腹で円を描くように捏《こ》ねた。

はふはふと熱い息を吐きだす燕を見つつ、乳輪を舐《な》め上げる。

彼女には申し訳ないが、辰巳は彼女を焦《じ》らすのが大好きだ。

焦《じ》らせば焦《じ》らすほど彼女の感度は上がり、潤《うる》んだ瞳でこちらを見つめてくる。その姿にいつだって、背中がぞくぞくした。

こんなこと口が裂けても彼女には言えないが、その分ちゃんと愛撫して彼女を快楽に落とすので許してほしい。

頂《いただき》を避けるように胸を舐《な》め、谷間をたどりもう片方の乳輪も舐《な》める。燕の腰が揺らぐ。

「た、つみっ」

「ん？」

「な、めてよ」

「どこを？」

「今日は、意地悪しないで」

「……そうだな。可愛い奥さんを優しく蕩《とろ》けさせるべきだった」

確かに今日という日に焦《じ》らすのは可哀想だ。

この新婚旅行での最初のセックスは、どこまでも甘やかで毒のようなものがいい。

燕の唇にキスをしてから、胸の頂《いただき》に唇を寄せ舌で舐《な》めしゃぶる。舌で転がしたり甘噛みをしたりと緩急をつけて刺激を与え続け、彼女の全身を蕩《と》かしていく。

思考が全て自分に向けばいい。何も考えられなくなるぐらいに自分に溺《おぼ》れればいい。

燕がずっと自分の腕の中に捕らわれていてくれれば、辰巳は安心できる。

彼女の乳輪ごと口に咥《くわ》え、じゅるっと吸い上げては離す。

そのたびに燕の胸はふるふると震え、辰巳をたまらない気持ちにさせた。

甘い愛撫に耐えられないのか、燕はシーツをぐっと握りしめている。

その姿が可愛くて、辰巳は全身に痕《あと》をつけた。胸の下に執拗《しつよう》なまでに吸いつき、自分の存在を刻みつけていく。

そのまま秘処を軽く舐《な》め、そこで辰巳は一瞬手を止めた。すぐに彼女の脚を担ぎ上げ、燕の身体を「く」の字に曲げる。

この体勢なら、下腹部が丸見えになり舐《な》めている場所が燕にも見えるだろう。

「な、何？」

「俺が舐《な》めてるのを見てもらおうと思って」

「み、見せなくていいよっ」

燕が抗議の声を上げるが、辰巳はそれを無視する。

辰巳はわざと赤い舌を見せつけながら、陰唇をべろりと舐《な》めた。茂みを掻き分けて舌を膣内に挿入する。

何度もしている行為だが、今日は特に生々しい。

自分の秘処に舌が出し入れされているのを見た燕が、思わずといったように視線を逸《そ》らす。

それを許さず、辰巳は花芯をぐりっと指で押しつぶした。

「あぁあんっ」

「燕はこうしてこの膨れたここを舌で舐《な》められるのも好きだよな」

「あ、や、やっ」

強烈な刺激に恐怖心が煽《あお》られるのか、燕が首をぶんぶんと横に振る。

辰巳は花芯をぺろぺろと舐《な》め、燕が脚を閉じようとするのを頭で邪魔をした。

これもまた彼女からみれば意地悪なのかもしれないが、やめようとは思えない。彼女の太腿を優しく撫《な》でながら、じゅぷじゅぷと舌でも嬲《なぶ》る。

だんだんと燕の脚が震えだしたので、さすがに一度止まった。少し休憩をしてから、もう一度同じ体勢を作る。

燕はぱちぱちと目を瞬《また》かせ、戸惑《とまど》っていた。

「た、つみ？」

「……いいか？」

辰巳はじっと燕を見る。

燕はいったい何を問われているのかすぐには理解できないようだが、辰巳が避妊具をつけないまま秘処に押し付けているのを見て、合点《がてん》がいったように頷く。

子どもを作ることに不安はある。辰巳は決して幸せだったとは言いがたい子ども時代だったから。

それでも彼女と一緒であればそんな未来も生きていけると思った。

燕がしっかりともう一度頷いてくれる。

それがどれほど嬉しかったか、彼女はわからないだろう。

辰巳は目尻を下げて笑みを浮かべた。

すでに鈴口から先走りが漏《も》れていて、普段よりも肉棒が大きくなっている。自分でもひどく興奮していることがわかった。

燕の秘処に熱棒を当てて愛液をまぶすように擦《こす》り付ける。滑りをよくした屹立《きつりつ》を彼女の内へゆっくり沈ませていった。

その生々しい光景に辰巳の喉が鳴る。

気づけば膣奥までたどりついた熱い塊《かたまり》は、今にも弾けそうなほどに膨れていた。

「くっ、は、こんなに違うものか」

爪ほどの薄さもない避妊具であっても、そこに明確な壁があるのだと、初めて生身の自分を受け入れてもらえた辰巳は知った。

燕の目尻からはぼろりと快感の涙が零《こぼ》れている。

辰巳はゆっくりと腰を上げ、またぱちゅんと勢いよく突き入れた。いつもとは違う体位だからか、一際高い嬌声《きょうせい》が彼女から上がる。それが辰巳の興奮をさらに助長させた。

「あ、あん、んぁ、あぁっあ」

「くそ、すぐに出そうだっ」

辰巳の汗がぽたぽたと燕の身体に落ちていく。彼は短い息を吐きだしながら、なんとか射精を堪《こら》えた。

燕の膝を抱えて膝立ちになり、先ほどよりさらに激しく抽挿する。

そしてまた彼女の両脚を頭のほうへ持ち上げると、自分の両手を彼女の両側に添えた。その状態で、膣奥を刺激する。

その間に燕の顔に自分の顔を近づけ、唇を重ねた。

舌を出し互いに絡《から》め合いながら、腰を押し付ける。結合部からはぐちゅぐちゅと泡立ったような厭《いや》らしい音が漏《も》れた。

二人は時間を忘れて貪《むさぼ》り合い、快楽に翻弄《ほんろう》される。最後に膣奥を穿《うが》った瞬間、燕の身体が強張った。

だが辰巳はそれに釣られないよう自分を抑える。

「辰巳、我慢したの？」

「少しでも長く燕の中にいたい」

「うぅ、もう無理だよ。もう頭おかしくなりそう」

「そうか、いいことだ」

「どこが。ひぅっ、まだ動かないでっ」

「嫌だ。燕の中がひくひく痙攣《けいれん》していて、凄《すご》く気持ちがいい」

辰巳は律動を再開させた。燕の脚ががくがくと辰巳の動きに合わせて動く。

理性を忘れ、彼女の中で果てたいという欲求だけになっている。

辰巳は幸福感に包まれた。

「は、はぁ、もう、出る。燕、出す、ぞ。出すっ」

「うん、んっ、ちょうだいっ、辰巳のちょうだいっ」

明確な意思をもって「出す」と言った。それを彼女の意思で迎えられたことに安堵《あんど》する。

激しく腰を振り膣奥に端を押し付けると、一際膨らんだ肉棒が爆《は》ぜた。びゅるびゅると白濁を注ぎ込んでいく。

そして辰巳は燕の身体を解放した。

燕が笑みを浮かべながら辰巳に口付けをしてくれる。辰巳もお返しに燕へ口付けをした。

そして二人は、身体を繋げたまま長い時間抱きしめ合い続けた。


風がさわさわと部屋の中を通り抜けて、カーテンが揺れている。

翌朝、辰巳がゆっくりと目を開くと、目の前には彼女の寝顔があった。その頬に触れて温かさに息を吐きだす。

このぬくもりを手放したくない。幸せすぎて怖いぐらいとはこういうことだ。

この幸せを必ず守っていこう。

辰巳はそう決めて、再び眠りに落ちていった。

書き下ろし番外編

屋烏《おくう》の愛

最近やたらと胃がムカムカして、感情の制御がうまくいかない日が多くなっている。ホルモンのバランスが崩れてしまっているのか、どうも不調だ。辰巳が心配して会社でも家でも燕の周りをうろうろしては、世話を焼こうとしてくれる。

ありがたく、嬉しくもあり、うっとうしくも思う。なんとも矛盾している。

なぜこんなにもバランスがうまくとれないのか、自分でも理解できていない。心配をかけたくはないのだが、気分が悪くなったりもしてなかなか思うようにいかない。

「やっぱり、出張を取りやめる」

「……なにを言ってるんですか」

燕は書類を整理する手を止めて、真剣な顔をして辰巳に視線を向けた。

「こんな状態の燕を置いて、出張に行けるわけがないだろう。森田さんに相談してくる」

「鳳さん」

燕はじとっと、辰巳を見ると腰を浮かせていた彼がそっと座り直す。

「いいですか、私がここ最近不調なのは事実ですが、鳳さんが出張を取りやめるほどのことではありませんし、現在は仕事中ですので名前で呼ばないでください」

「相変わらず真面目だな」

「いいですね!」

「わかった。わかったよ」

辰巳は少しだけぶすっとした顔をしたが、納得はしてくれたようだ。それに、出張といっても国内で三日ほど。一週間以上離れるわけでもないし、何かあればすぐに帰ってこられる距離。

燕は書類整理の続きを始める。定時過ぎたころ、辰巳に帰るように指示された。彼が自分を心配してくれているのはわかっているので、燕はそれを承諾し帰る支度をする。鞄を持ってエレベーターを待っていると、たまたま加里と一緒になり二人で駅まで歩いて帰ることにした。

「バリから戻ってきて、もう二ヶ月ぐらい?」

「そうだね。もうそのぐらいになるかな。バリが懐かしいよ」

「楽しかったって言ってたもんね」

バリで過ごした日々はあっという間に過ぎてしまい、仕事に戻ってから、気が付けばもう二ヶ月も経っている。楽しかった時間というのは驚くほど速く感じる。

「また行きたいな」

「いいなあ、私もバリとかハワイとか行きたい」

「海外旅行って、じゃあ行こうって言ってすぐに実行できないところが痛いよね」

国内であれば、思い立って旅行に行くのもたやすい。土日を利用しての一泊二日でも充分楽しめる日程を組めることだってある。だが、海外となれば、行き先にもよるが移動の時間も考えて最低一週間は欲しくなるのだ。

そうなれば、会社を休むことになるし、燕や辰巳のような立場の人間は日程調整をするのが大変だったりする。

「そういえば、鳳さん明日から出張でしょう？　よかったらご飯行かない？」

「いいね。おいしいご飯食べたい」

「でも最近体調あんまりよくないみたいだし、重くないものにしようか」

「そうしてもらえると嬉しい」

「任せて、お店決めておくから」

駅で加里と別れ、電車に乗り込む。帰りの時間帯のせいか電車も結構混んでいて、気分の悪さに拍車がかかる。どうしてこんなにも最近調子が悪いのだろうか。一度病院で診《み》てもらったほうがいいのかもしれない。

最寄り駅で降りて、駅前のスーパーで買い物をして自宅へと帰る。辰巳と籍を入れ一緒に暮らし始めてまだ半年も経ってはいないが、帰宅すると自分の家に帰ってきたなと実感する。

買い物袋をキッチンに置いてから、着替えを済ませ片付けをし、夕飯を作り始める。簡単なものを作って、辰巳の分は冷蔵庫の中へとしまった。先ほど連絡がきて、もう少しかかりそうだから先に食事をしてほしいと言われたのだ。

一人の食事は少し寂しくもあるが、お互い忙しく仕事をしているので仕方ない部分もある。同じ会社で働いているからといって、毎日一緒に帰れるわけでもないし毎日一緒に出社するわけでもない。

燕は燕、辰巳は辰巳で仕事があり用事があるので、日々の時間帯に多少なりともズレがあるのだ。

食事を済ませてから、寝る準備を整えてソファーにごろりと寝転がる。ふわふわのクッションを抱えていると、気持ちよくて眠くなってくる。辰巳が帰ってくるまでは起きて待っていたい。そう思いながらも睡魔には勝てず、テレビをBGMにして眠りについた。

深く意識が潜っているなかで、ふと誰かの体温を感じる。

温かくて、優しい。この気配の主は一人しかいない。燕はうっすらと目を開けると、そこには辰巳の顔があった。どうやら、ベッドに運んでくれたようだ。

「すまん、起こしたか？」

「大丈夫。お帰り」

「ただいま。体調はどうだ？」

「まずまずって感じかなあ」

「いい加減病院に行ったほうがいい。体調がよくないって言ってから数日経つだろう」

「うーん、やっぱりそうかな？」

「念のために調べてもらったほうが俺が安心する。出張から帰ってきたら強制で病院だからな」

「わかった。心配性だね」

燕は笑いながら言うが、辰巳は眉間《みけん》に皺《しわ》を寄せ押し黙る。

「辰巳？」

「ばあさんのことを思い出すんだ」

「……そっか、ごめん。ちゃんと一緒に行くよ」

彼女の言葉に辰巳がホッとした顔をした。彼の祖母は、病気で亡くなった。もちろん、年齢のこともあるし、寿命だったと言われればそれまでだが、辰巳にとって彼の祖母の死はとても辛いものだったらしい。

彼にとって燕が誰よりも大事な家族で、自分に何かあれば辰巳はとても悲しい思いをすると考えると、大丈夫だと過信するのはよくないと考えを改めた。

「今日はもう寝よう」

「ん、おやすみ」

「ああ、おやすみ奥さん」

辰巳が燕の唇に口付けを落とす。燕はそれを嬉しそうに受け入れて、意識を沈めていった。

夢の中で、たまに夢をみていると自覚する時がある。今日はそれだ。

自分がふわふわと夢の中に立っていて、小さな光が燕の周りをくるくると踊るように寄り添っている。その光はとても温かく、幸せを与えてくれる。触れるだけで、涙が出そうになった。

その光が一度大きく空を駆け巡り、燕の中へと入っていった。

「……」

目を覚まし、身体を起き上がらせる。不思議な夢をみたという感覚だけが残っており、夢の内容まではあまり思い出せない。けれど、とても幸せな夢だった気がする。燕は隣で眠る辰巳の頬を撫《な》でて、時刻を確認する。時間はまだ明け方の四時で、起きるにはいくらなんでも早すぎる時間だ。燕はもう一度眠ろうと辰巳に寄り添うように横になった。

こうして彼のそばで寄り添っていると自分がとても幸せの中にいるということがわかる。

結婚するまでにいろいろなことがあったし、おそらくこれからも多くのことに直面し喧嘩をしたり傷つけ合ったりすることがあるかもしれない。それでも、彼と共にいれば乗り越えられると思える人なのだ。

こういう思考は新婚らしいものかもしれない。

アラームが鳴り響き、燕は目を覚ます。身体をぐっと伸ばして隣を見るが、すでに辰巳は起きた後のようでベッドにはいなかった。耳を澄ませると、風呂場から水の音が聞こえるので、どうやらシャワーを浴びているようだ。

燕は起き上がり、朝食を準備するがパンの匂いがどうも鼻についてしまう。今までこんなことなかったというのに。

辰巳が風呂場から戻ってきたのと入れ替えに、燕が洗面所へ行き顔を洗う。明け方に一度起きてしまいつつも、それなりにたくさん寝た。にもかかわらずすっきりした顔をしていない。

辰巳が心配するのも仕方がない。一緒に病院に行こうと言っていたが、一人でさっさと行ってきてしまおうか。何もなければ何もないでいいのだし、何かしら不調があるのなら薬を貰うなり調べてもらうなりしなければ。

リビングに戻り、スーツを着た辰巳と共に朝食を食べる。あまり食べる気はしないのだが、食べなければ身体が持たないので無理やり口の中に運ぶ。

「大丈夫か？」

「んー、うん。なんとか？　辰巳こそ、今日から出張でしょう？　十時の新幹線だしあんまりゆっくりはしてられないじゃない」

「まあな。でもまあ、基本的な準備は終えてるし俺は平気だよ。燕が行かなきゃダメだって言うから、出張に行くが……」

やはり燕のことが心配なのか、今からでもやはり出張に行くのをやめるといいかねない雰囲気だ。燕は、にっこりと笑ってみせる。

「大丈夫だって、無理はしないから」

そう何度も繰り返す。けれど辰巳は今日は無理せず休んだほうがと言い出す始末。燕は軽くため息をついて、はっきりと言葉を返す。

「無理そうなら自分で判断できるから、辰巳は気にしないで出張行って！　私もう先に出るからね。いってきます」

「あ、燕！　気をつけてな！」

辰巳の言葉を背中で聞いて、燕はさっさと出勤する。無理に朝食を食べたからか、今日も朝から気分の悪さがひどい。匂いに敏感になっているのもあって、満員電車がこん

ろう。

どうにか会社にたどりついて、仕事をこなす。スマホには、辰巳からの連絡が頻繁に届く。仕事中のため、全部は確認できないし返信もできないが、彼もそれは百も承知だろう。

なにも辛いとは。

定時を少し過ぎた頃に、加里がやってくる。

「燕、帰ろうー」

「うん、少し待ってて」

「いや、というかめっちゃ顔色悪くない?」

「そうかな?」

加里に指摘されて、燕は掌《てのひら》で頬を覆《おお》う。

「やばいって、今日はご飯行くのやめよう。森田さんに帰り送ってもらいなよ」

「え、それは申し訳ないから大丈夫だよ」

「こういう時は甘えるに限る!」

加里はさっさと森田を呼びに行ってしまい、燕は少しため息をつく。

「体調悪いんだって? うっわ、顔色わっるいねー、病院は?」

「まだ」

「時間的に今日はもう厳しいか。んじゃ明日有給決定で」

なら午前中だけお休みを貰おうと思ったのだが、森田はにこにこと笑いながら燕に言葉を紡がせない。こういう時の社長は、引かないのだ。

「わかりました。明日は有給取って病院に行きます」

「そう、それが一番！　あんま辰巳に心配かけないようにな」

「その通りですね」

森田に自宅まで送ってもらい、すぐにベッドに突っ伏した。顔を洗わなければならないし、軽くでも何かお腹に入れたほうがいいとはわかっていながらも、どうにも食欲が湧かないので、結局そのまま眠りについてしまった。

翌朝、いつもの時刻に起きて燕は病院に行く準備をする。

そして病院で、自分の身に起きていた事柄を知ることになった。

呆然としながら自宅に戻ってきて、燕はソファーで目をぱちぱちとさせる。先ほど聞いたばかりの言葉が、何度も頭の中でリフレインしている。

「むしろ気がつかなかったことに驚きしかない」

両手で顔を覆《おお》いながら、嬉しさと幸せが混ざり合った笑みを浮かべる。嬉しいと幸せは似て非なる感情だが、こうして混ざり合うとこんなにも心が満たされることをはじめて知る。

スマホを眺めながら辰巳に電話をしようか考えるが、こういうことはやっぱり直接伝えたいところだ。彼はどんな反応をしてくれるだろうか。燕は、目尻を下げながらお腹を優しく撫《な》でた。

翌日の夕方、燕は早々と帰宅する。夕食を作って辰巳を待っていてあげたいところだが、どんどん匂いに対する敏感さが増していき、もはや料理をすることが難しい。そのため、今日はテイクアウトにした。

燕がいま気分が悪くならずに食べられるのがなぜか冷や汁のため、冷や汁だけ自分用に準備する。彼が帰ってくるのを待っていると、玄関から鍵が開く音がする。

リビングの扉が開いて最初に見えたのは花だった。

「え？」

「ただいま」

「おかえり、どうしたの？」

立ち上がって、彼から手渡される花束を受け取る。季節の花が綺麗に纏《まと》められている。

「んー、ご機嫌取りとかじゃないんだが。燕みたいな綺麗な花だと思って」

「褒め上手」

「俺も少しは成長したってことだな」

燕は貰った花束を花瓶に生けながら、どう切り出そうか悩む。辰巳はスーツを脱ぎながら、寝室のほうに向かいそこから少し大きな声で問いかけてくる。

「病院は？」

「行ってきたよ」

「……で、どうだった？」

辰巳が不安そうな顔をしながら、寝室から顔を出す。まだスーツも脱ぎ終わっておらず、どこか少しまぬけだ。着替え終わってから聞けばいいというのに、それすら待てなかったらしい。

「んー、そうねえ。なんて言えばいいのかな」

「再検査か？　どこか悪いところが見つかったのか？」

「ご、ごめん！　焦《じ》らすつもりはなかったんだけど、言い方が悪かったね」

燕の言いよどむ様子に、慌てた辰巳が近づいてきて燕の腕をとる。ああ、この人はこんなにも自分のことを好きでいてくれるんだなと再認識する。少し意地悪なやり方で彼の思いを確認する形になってしまった。

「幸せな報告かな？」

彼に握られていない方の手を自分のお腹に当てる。辰巳は何を言われているのか理解ができないのか、きょとんとした顔をしてから破顔する。

「本当か？」

「うん、ちゃんと先生に確認取ってきたよ。今二ヶ月だって」

「はは、あれかハネムーンベイビーか、そうか」

辰巳の顔を見ると潤《うる》んだ瞳をし、幸せそうに笑いながら燕を抱きしめた。

「ありがとう」

「こちらこそ、喜んでくれてありがとう」

「喜ばないわけないだろ。ああ、燕と一緒になるのと同じくらい幸せなことが訪れるんだな」

彼の言葉に、燕の胸がいっぱいになっていく。決して愛情に恵まれた子ども時代ではなかった彼だ。そんな彼との間に子どもができた。

それは辰巳にとって大きな意味をもつのかもしれない。

「よし、明日からは準備だな。いろいろと調べることがたくさんある！」

辰巳は嬉しそうにウキウキしながら、ネットでいろいろと調べ始める。二人にとって初めての経験だ。調べること、やらなければならないことが増えていく。

今後のことも相談しながら、話し合い、少しずつ二人で親になる準備をしていく。

辰巳は燕よりもやる気満々といった感じで、率先していろんなことを覚えたり、情報収集したりしていく。森田たちにからかわれるほどだ。

「いや、お願い、お願いだから！　せめて、一人ずつ！　一人ずつで育休とって！」

「最初のころは特に大変なんですよ。俺が燕と娘を守らないで誰が守るんですか」

「え、女の子ってわかったの？」

「まだですが、女の子ですね」

「なにそれ、ただの勘じゃーん！　うちの仕事できる二人が一気に抜けるのは痛いって、厳しいって」

そんなやりとりを何度も繰り返しながら、結局燕の出産から数ヶ月の休暇申請をした。

その後辰巳は復帰をし、のちのち再度育休を取るという形になった。

「それで、女の子なの？」

「びっくりでしょう？　まだ性別わからなかったのに当てたのよ」

加里とそんな話をし、妊娠がわかってから八ヶ月後、燕は元気な女の子を産んだ。その時の辰巳は、誰よりも号泣しながら喜んだ。

燕はこれから子育てをするという不安はあるものの、周りの助けもある。

ただただ、幸せに満たされる。

EB エタニティ文庫 ～大人のための恋愛小説～

Mihane & Haruki

無理やり始める運命の恋！

嘘から始まる溺愛ライフ

赤

有涼 汐　　装丁イラスト／朱月とまと

失踪した従妹が見つかるまで、彼女のフリをしてとある社長と同棲するよう、伯父に命令された実羽。しぶしぶ引き受けた彼女だが、いざ同棲を始めると最初は傲慢に見えた彼が、実は優しい人だと気づく。刹那的な関係なのに、実羽はどんどん彼に惹かれていってしまい――!?

定価：704円（10%税込）

Rui & Haruto

逃げた罰は、甘いお仕置き

君に10年恋してる

赤

有涼 汐　　装丁イラスト／一成二志

会社の飲み会の翌朝、一人裸でホテルにいた瑠衣。いたしてしまったのは確実なのに、何も覚えておらず頭を抱える。悶々とした日々を過ごしていると、同期のイケメンが急接近！　まさか彼があの夜の相手？　ド直球で誘惑宣言をされて、瑠衣の錆びついた乙女心は大暴走!?

定価：704円（10%税込）

※エタニティブックスは大人の女性のための恋愛小説レーベルです。ロゴマークの色で性描写の有無を判断することができます（赤・一定以上の性描写あり、ロゼ・性描写あり、白・性描写なし）。

詳しくは公式サイトにてご確認下さい

https://eternity.alphapolis.co.jp

携帯サイトはこちらから！

結婚に憧れているものの、真面目すぎて恋ができない舟《しゅう》。ある日彼女は停電中のマンションで、とある男性に助けられる。暗くて顔はわからなかったけれど、トキメキを感じた舟は、男性探しを開始！　ところが彼が見つからないばかりか、隣の住人が大嫌いな同僚・西平《にしひら》だと知ってしまう。しかも西平は、なぜか舟に迫ってきて――!?

B6判　定価：704円（10%税込）　ISBN 978-4-434-25550-2

EB エタニティ文庫 ～大人のための恋愛小説～

Shu & Teruto

壁一つ隔てた恋の攻防戦！

ラブパニックは隣から

有涼 汐　　装丁イラスト／黒田うらら

真面目すぎて恋ができない舟。ある日、彼女は停電中にとある男性から助けられた。暗くて顔はわからなかったが、同じマンションの住人らしい。彼にトキメキを感じた舟は、その男性を探し始める。そんななか、ひょんなことから大嫌いな同期が隣に住んでいると知り……!?

赤

定価：704円 （10%税込）

Wakaba & Yuma

俺様上司にお持ち帰りされて!?

わたしが ヒロインになる方法

有涼 汐　　装丁イラスト／日向ろこ

地味系ＯＬの若葉は、社内で「お母さん」と呼ばれ恋愛からも干され気味。そんな彼女が突然イケメン上司にお持ち帰りされてしまった！口調は乱暴で俺様な彼なのに、ベッドの中では一転熱愛モード。彼の溺愛ぶりに、若葉のこわばった心と身体はたっぷり溶かされて——!?

赤

定価：704円 （10%税込）

※エタニティブックスは大人の女性のための恋愛小説レーベルです。ロゴマークの色で性描写の有無を判断することができます（赤・一定以上の性描写あり、ロゼ・性描写あり、白・性描写なし）。

詳しくは公式サイトにてご確認下さい

https://eternity.alphapolis.co.jp

携帯サイトはこちらから！

エタニティ人気の12作品
アニメ好評配信中！
ALPHAPOLIS アルファポリス
Eternity
エタニティ
深夜の濡恋ちゃんねる
NUREKOI
Sweet Love Story
エタニティ公式サイトに
通常版
デラックス♥版
配信中です！
アニメ公式サイト：https://eternity-nurechan.com/
アニメ公式ツイッター：@Eternity_Anime
DVD & Blu-ray
好評発売中！
©エタニティブックス原作者・アルファポリス
エタニティ濡れちゃん♡製作委員会

本書は、2018年4月当社より単行本として刊行されたものに、書き下ろしを加えて文庫化したものです。


この作品に対する皆様のご意見・ご感想をお待ちしております。

おハガキ・お手紙は以下の宛先にお送りください。

【宛先】

〒150-6008 東京都渋谷区恵比寿4-20-3 恵比寿ｶﾞｰﾃﾞﾝﾌﾟﾚｲｽﾀﾜｰ 8F
（株）アルファポリス　書籍感想係

メールフォームでのご意見・ご感想は右のＱＲコードから、
あるいは以下のワードで検索をかけてください。

アルファポリス　書籍の感想　検索

ご感想はこちらから

エタニティ文庫

生真面目《きまじめ》な秘書《ひしょ》は愛《め》でられる

有涼《うりょう》 汐《せき》

2021年5月15日初版発行

文庫編集－熊澤菜々子・倉持真理
編集長－塙綾子
発行者－梶本雄介
発行所－株式会社アルファポリス
〒150-6008 東京都渋谷区恵比寿4-20-3 恵比寿ｶﾞｰﾃﾞﾝﾌﾟﾚｲｽﾀﾜｰ8F
TEL 03-6277-1601（営業） 03-6277-1602（編集）
URL https://www.alphapolis.co.jp/
発売元－株式会社星雲社（共同出版社・流通責任出版社）
〒112-0005 東京都文京区水道1-3-30
TEL 03-3868-3275
装丁イラスト－無味子
装丁デザイン－ansyyqdesign
印刷－中央精版印刷株式会社

価格はカバーに表示されてあります。

落丁乱丁の場合はアルファポリスまでご連絡ください。

送料は小社負担でお取り替えします。


ISBN978-4-434-28857-9 C0193